浦江清

馬致遠

夜行船　雙調

中原音韻作秋思　詞林摘艷北宮詞紀俱作秋興樂府新声無題

〔雙調夜行船〕秋興

百歲光陰一夢蝶。重回首往事堪嗟。今日春來。明朝花謝。急罰盞夜闌燈滅。

一一作如、一作昨日春來今朝花謝

〔喬木查〕想秦宮漢闕。都做了衰草牛羊野。不恁麼漁樵沒話說。縱荒墳橫斷碑。不辨龍蛇。

中原音韻無麼字　摘艷麼作的　詞紀作一恁二字

一無想字、無都了兩字、無麼字　沒作無

〔慶宣和〕投至狐蹤與兔穴。多少豪傑。鼎足雖堅半腰裏折。魏耶晉耶。

無裏字

鼎足三分半腰裏折

水校仙源近

名典名选丛书

元明散曲三百首

国家古籍整理出版专项经费资助项目

浦江清 选注
蒙木 编订

北京出版集团公司
文津出版社

图书在版编目（CIP）数据

元明散曲三百首 / 浦江清选注 ；蒙木编订 . — 北京 ：文津出版社，2019.9

（名典名选丛书）

ISBN 978-7-80554-691-9

Ⅰ. ①元… Ⅱ. ①浦… ②蒙… Ⅲ. ①散曲—作品集—中国—元代 ②散曲—作品集—中国—明代 Ⅳ. ① I222.9

中国版本图书馆 CIP 数据核字（2019）第 050305 号

总 策 划：安　东　高立志　　责任编辑：王铁英
责任印制：陈冬梅　　封面设计：李　高

元明散曲三百首
YUANMING SANQU SANBAISHOU
浦江清　选注　蒙　木　编订

出　　版　北京出版集团公司
　　　　　北京出版社
地　　址　北京北三环中路 6 号
邮　　编　100120
网　　址　www.bph.com.cn
总 发 行　北京出版集团公司
印　　刷　北京华联印刷有限公司
经　　销　新华书店
开　　本　880 毫米 ×1230 毫米　1/32
印　　张　7.5
字　　数　120 千字
版　　次　2019 年 9 月第 1 版
印　　次　2019 年 9 月第 1 次印刷
书　　号　ISBN 978-7-80554-691-9
定　　价　38.00 元

“古雅”与“真”的选择标准以及对新诗的期待

——读浦江清先生的《元明散曲选》

李简（北京大学中文系教授）

《元明散曲选》是浦江清先生1942年底至1943年初为西南联大下一学期的“曲选”课编选的教材。后来装订成册，加上蓝色的封面封底和白色衬里，成为一册线装手抄本。浦汉明先生说：“父亲为付印而抄录的各类文学作品很多，如此装帧的却仅此一册，足见他对这一选本的珍爱。”①

《元明散曲选》抄本共分三卷，卷一元小令，卷二明小令，卷三套数。每位作家名下有人物小传（套数卷惟康海有）；每篇曲作注明出处；并于页眉、篇末作注、出校，或加点评（眉批排印时已移入文中）。三卷之后又抄录张可久小令【小桃红】“几场秋雨”、郑德辉小令【蟾宫曲】“半窗

① 浦汉明：《后记》，浦江清选注：《元明散曲选》，北京：北京出版社，2018年。

幽梦”、沈仕小令【黄莺儿】《美人隔窗》（与前重复），沈仕【北双调·新水令】《愁怨》套数，并针对杨果【小桃红】（其中拟补二首和杨果的【小桃红】[①]），关汉卿【沉醉东风】，乔吉【折桂令】《赠罗真真、高敬臣、胡善甫席上赋》、【水仙子】《廉香林南园即事》，冯子振【黑漆弩】诸作做有句法、用韵、典故、词语的解说、解释。这一部分，应是浦先生当年为教材做的补充资料。全书共收录元代散曲作家二十家，明代散曲作家十二家，以及明代无名氏的作品一首，共计收小令二百四十三首，套数九套。既展示了元明两代散曲创作的成就，也传达了浦先生对元明散曲创作特点的把握，以及个人的审美追求。

浦江清先生1922年考入东南大学，主修西洋文学，辅修国文和哲学。1926年夏由吴宓先生引荐进入清华学校研究院国学门，担任陈寅恪先生的助教。1929年秋清华学校改为国立清华大学，研究院国学门撤销，浦先生转入清华大学中国文学系任教。抗日战争爆发后，南迁的北大、清华、南开合并，1937

---

① 碧湖湖上采莲忙，来往舟摇荡。一曲情歌听侬唱，藕丝长，有花不折人生枉。秋风容易，香消翠减，谁与驻流光。

碧湖湖上采莲还，蘋岸西风晚。杨柳桥边马蹄懒，路回还，夕阳望断高楼眼。问郎可爱，莲花并蒂，供向胆瓶间。

年成立长沙临时大学，浦先生在临时大学文学院任教。临时大学迁往昆明，改称西南联合大学，浦先生任中文系教授。1946年浦先生随清华大学迁回北京，任中文系教授。1952年院系调整，任北京大学中文系教授。1957年病故。浦先生的研究领域涵盖文学、历史、考古、民俗等诸多方面，是古代文学研究的大家。他的《八仙考》《屈原生年月日的推算问题》《花蕊夫人宫词考证》等著述均在学界享有盛誉。而曲学也是他甚为擅长的领域。浦先生懂音律，爱唱曲。《清华园日记·西行日记》中常常提到看剧、唱曲，或者对戏曲作出评价，甚至在去昆明的颠沛的旅途之上还曾教人学曲。[①]浦汉明先生说：

> 父亲爱唱昆曲，会吹笛，三十年代是俞平伯创办的谷音社成员，就是在战时也常参加王瞻言、陶光等举行的曲叙。讲古典戏曲作品，往往会在课堂上唱上一段。[②]

程毅中先生谈到："我印象最深的是他讲到《长生殿》时在课

---

① 1942年7月18日日记，浦江清：《清华园日记·西行日记》，北京：生活·读书·新知三联书店，1987年，第134页。

② 《乐律与宫调·附：浦汉明整理后记》，浦江清著，张鸣编选：《浦江清文选》，北京：北京大学出版社，2010年，第110页。

堂上清唱了一段《小宴惊变》。”[①]在《乐律与宫调》这一读书笔记中，我们也处处读到浦先生对曲乐、曲唱的精通与熟悉。比如：

声中无字者为度曲家以一字分头腹尾三口唱出，腹部最长，只是声腔，纯为母音，不可加入声母，如“伊”音唱时误成“几”音之类，或混入不相干之字音，如皮黄唱《空城计》“我本是”作“我本那是”，混入“那”字之类也。字中有声，字字斟量而出，既不背切音原理，不唱倒字，又能行腔圆整，全合工尺，发挥其之音乐性，每字成为乐音，若只觉其是声音者然，否则成念曲矣。[②]

以今昆曲及笛音推之，浊音可到林倍（低尺）（林倍以下高吹低唱矣），清音可到姑清（高乙）或仲清（高上），再高笛上无有，且唱者亦揭不起矣。[③]

同时，浦先生也创作散曲，曾和元人白无咎的【鹦鹉

---

① 程毅中：《〈中国文学史稿（明清卷）〉题记》，浦江清著，浦汉明、彭书麟整理：《中国文学史稿（明清卷）》，北京：北京出版社，2018年，第3页。

② 浦江清：《乐律与宫调·二、乐律与宫调》，浦江清著、张鸣编选：《浦江清文选》，北京：北京大学出版社，2010年，第94页。

③ 同上书，第97页。

曲】。关于白无咎的【鹦鹉曲】，冯海粟说：

白无咎有【鹦鹉曲】云："侬家鹦鹉洲边住，是一个不识字渔父。浪花中一叶扁舟，睡煞江南烟雨。觉来时满眼青山暮，抖擞着绿簑归去。算从前错怨天公，甚也有安排我处。"余壬寅岁留上京，有北京伶妇御园秀之属，相从风雪中，恨此曲无续之者，且谓前后多亲炙士大夫，拘于韵度，如第一个"父"字，便难下语。又"甚也有安排我处"，"甚"字必须去声字，"我"字必须上声字，音律始谐，不然，不可歌。此一节又难下语。①

浦先生和作的序言亦称"元人白无咎【鹦鹉曲】云：……传唱一时，士大夫以为难和，如父字韵，甚字必要去声，我字必要上声，冯海粟和之至三十余章，可谓灏烂矣"。就是这样一个公认"难和"的曲子，浦先生于冬日村居中和作数首，却颇得元人风味，比如：

江南人向云南住，做了个北来的伧父。一年间几见花开，八月暗飞蛮雨。冷和暖没个准期，夹和棉着了还去，

① 冯海粟：《鹦鹉曲序》，（元）杨朝英辑：《朝野新声太平乐府九卷》卷一《小令一》。

说什么四季如春，正疾病将人惹处。[①]

曲作着眼于现实生活，在真诚的歌唱中写出羁旅他乡的感慨，平易中又有几分谐谑的色彩。

然而，在我们今天见到的浦先生发表的研究论著中，却很少有关散曲的论述，于是这册《元明散曲选》实在是为我们认识浦先生的散曲研究提供了重要材料。

浦江清先生推重诗歌，“后代无论哪一国的文学，都以诗歌为最好的文学”[②]，以曲为诗之一种：

> 我国诗歌方面，分诗、词、曲三部，其源皆来自乐府，而因发展的时代不同，格律不同，分而为三，不可合并。[③]

而“中国诗歌莫不与音乐有关”[④]。故浦先生对曲律研究颇为

---

① 《浦江清文录·附：诗词》，北京：人民文学出版社，1989年，第329页。

② 浦江清：《中国文学史稿（先秦两汉卷）》第二章《诗经》第六节《〈诗经〉与语言》，北京：北京出版社，2018年，第64页。

③ 浦江清：《评王著〈元词斠律〉》，《浦江清文录》，北京：人民文学出版社，1989年，第171页。

④ 浦江清：《悼吴瞿安先生》，浦江清著、张鸣编选：《浦江清文选》，北京：北京大学出版社，2010年，第242页。原文发表于《戏曲》月辑第1卷第3辑，1942年3月17日。

看重："或谓曲律者为作曲而设，作曲之时代如过去，则曲律之书，殆将覆瓿。不知戏曲在文学美以外，尚有声律。吾人即仅有志于读曲，欲衡量古人之剧本，而知其得失，曲律研究终不可废也。"[①]对吴梅先生的离世甚表遗憾：

> 如戏曲史，目录考订之学则考据家之事，今方兴未艾，如材料增多，方法加密，后者可胜于前。至于南北曲之本身原为一有生命之艺术，由词章家作曲，音乐家谱唱，艺术家搬演，合此数事以构成一整个之生命。一旦风会转移，此艺术亡，此门之学问亦随之而亡。今从先生游者尚不能尽其所学，况后世但读其书者乎？其卒也，必有绝学不传于世者，后之人莫能问津焉。此最可悲悼者。[②]

在曲体中，浦先生对于剧曲更为重视。发表于1932年的《评陆侃如、冯沅君的〈中国诗史〉》一文，曾对陆侃如、冯沅君的《中国诗史》提出批评：

> 陆冯两先生认定"曲"是元明清三朝的诗，所以《诗

---

① 浦江清：《悼吴瞿安先生》，浦江清著、张鸣编选：《浦江清文选》，北京：北京大学出版社，2010年，第241页。

② 同上书，第242页。

史》下卷论到关汉卿、马致远、白朴、梁辰鱼、沈璟这一辈人；但是却只采录了他们那些比较不重要的小令、散曲，而对于他们的成篇巨著，表现他们文学最高造诣的《窦娥冤》《汉宫秋》《梧桐雨》《浣纱记》《义侠记》《埋剑记》等，反绝笔不提。如果要扩充“诗”的范围到“散曲”，为什么不再扩充到“剧曲”？因为关马诸人当然因其杂剧传奇传世而伟大。……元明清的散曲，地位与唐诗、宋词不侔；在唐代，诗是惟一的乐府，宋则以词为惟一的乐府，金元以下的乐府，当然是组织更好的杂剧和传奇。散曲只是文人的消遣作，是杂剧传奇发达时期的副产品；是零吃，不是整桌的酒席，并不很堂皇，足以题作时代的名称的。[①]

曲体的写作在元明两代很是流行，文人对曲体也颇花心力。元代的周德清等人更是表达了对散曲的推崇，他们以“乐府”为文人所作的散曲，尤其是“令”体的雅称。周德清《中原音韵》说：“凡作乐府，古人云：‘有文章者谓之乐府。’如无

① 浦江清：《评陆侃如、冯沅君的〈中国诗史〉》，《浦江清文史杂文集》，北京：清华大学出版社，1993年，第103页。

文饰者谓之俚歌，不可与乐府共论也。”[1]其“定格四十首”多取令曲，只有少数曲子取自杂剧或套曲，如【金盏儿】《岳阳楼》摘自杂剧《岳阳楼》头折，【四边净】《西厢》出杂剧《西厢记》，【拨不断】《隐居》摘自套曲，而套数只收入一曲，即马致远的【双调】《秋兴》，评曰：“此方是乐府。”至明代则散曲、剧曲并重，明初朱权《太和正音谱》“乐府共三百三十五章”所选曲作，有的出自散套，如【醉花阴】“无始之先”，为丹丘先生散套；有的出自诸宫调，如【看花回】“休道是”，用王伯成《天宝遗事诸宫调》之曲。还有不少出自杂剧剧本，如《王粲登楼》《岳阳楼》《梧桐雨》《贬夜郎》等等。刘楫为《词林摘艳》作序说：

> 至元、金、辽之世，则变而为今乐府。其间擅场者如关汉卿、庾吉甫、贯酸斋、马昂夫诸作，体裁虽异，而宫商相宣，皆可被于弦竹者也。我皇明国初，则有谷子敬、汤舜民、汪元亨诸君子，迭出新妙。……顷年梨园中搜辑自元以及我朝，凡辞人骚客作长篇短章，并传奇中奇特者，宫分调析，萃为一书，名曰《盛世新声》，版行已久。……使此集一出，江湖游侠，长安豪贵，欲求乐府之

① 《中原音韵·正语作词起例》，俞为民、孙蓉蓉主编：《历代曲话汇编（唐宋元编）》，合肥：黄山书社，2006年，第288页。

渊薮，一览可见，岂不为大快哉！[①]

凌濛初编《南音三籁》则分散曲上、散曲下、戏曲上、戏曲下四卷。浦先生称散曲为“零吃”当是源于对戏曲中“曲”的推重，源于戏曲的“富于现实性和人生的意味”、“很完整的结构”、“曲文雅俗共赏”[②]。也正因此，他的《中国文学史稿》中有关戏曲的论述占了相当的篇幅。宋元卷的十二章中有四章讲戏曲（主要讲杂剧、南戏，其中一节专讲散曲），明清卷共七章，有二章讲戏曲。

而在剧曲中，浦先生尤其推崇元代杂剧：

杂剧之时期，为中国戏曲史上轨道之时期，结构组织均佳，所可惜者，未打破一人独唱之陋习耳。后之传奇，仅为文人之事，于剧坛关系已浅，离民众亦愈远矣。而况即以词藻论，关、王、马、郑不亦高出于明清诸子数

① 刘楫：《词林摘艳序》，蔡毅编著：《中国古典戏曲序跋汇编·四补遗》，济南：齐鲁书社，1989年，第2694—2695页。

② 浦江清著，浦汉明、彭书麟整理：《中国文学史稿（宋元卷）》第九章《元人杂剧的兴起》第一节《戏剧的起源与发展》，北京：北京出版社，2018年，第220页。

倍耶？[1]

这种看法在他的《中国文学史稿》中得到延续：

元剧比之散曲，尤其可以代表元代文学的最高成就。[2]

（元剧）在歌曲方面，继承唐诗宋词的优良传统，使剧作有浓厚的抒情诗的意味，与当时口语相结合，创造了雅俗共赏的戏剧语言。在故事方面，吸收唐人传奇宋元话本中为人民所喜闻乐道的故事作为题材，而更有所发展。剧本中抒情歌曲的感染能力超过抒情诗词，因为有人物故事和剧情。[3]

明代传奇大量产生，文人写作戏曲成为风气，然佳作不多。一是思想迂腐庸俗；二是故事全出于个人幻想，悲欢离合，曲折虽多，皆不合真实；三是文辞的典雅化、形式主义化，就是思想性及艺术性都不高，比不上元人杂剧

① 1929年2月2日日记，浦江清：《清华园日记·西行日记》，北京：生活·读书·新知三联书店，1987年，第31页。

② 浦江清著，浦汉明、彭书麟整理：《中国文学史稿（宋元卷）》第十一章《元代其他杂剧作家及散曲作家》第五节《元人杂剧的成就》，北京：北京出版社，2018年，第327页。

③ 同上书，第328页。

的紧凑活泼，缺乏现实主义的作品。[1]

明代曲家中，浦先生视汤显祖为“最杰出的剧作家”[2]，但仍归因于元曲：“汤显祖以才情胜，无往而不可，有极典丽处，也有极本色语，实能融合辞藻与口语，生动别致者。此因汤氏得力于元曲之故，继承元曲的优点。”[3]

然而，浦先生对散曲仍是十分重视的，强调散曲作为曲体的组成部分的不可忽视：

> 治曲律者，对于散曲材料，尤不可忽，今传世元人散曲，数量亦复可观。此皆出臧选之外。所以钩稽北曲曲律，用了《元曲选》全部材料，也只可以说用了所有存世元曲的一半光景。[4]

而就散曲来说，依然是推崇元代的作品。《元明散曲选》选元

---

① 浦江清著，浦汉明、彭书麟整理：《中国文学史稿（明清卷）》第三章《传奇的全盛时期·上·明代戏曲》第一节《南北曲的消长与合流》，北京：北京出版社，2018年，第171页。

② 同上书，第178页。

③ 同上书，第188页。

④ 浦江清：《评王著〈元词斠律〉》，《浦江清文录》，北京：人民文学出版社，1989年，第173页。

代小令一百九十二首，套数五套；明代小令五十一首，套数四套。元代散曲的数量明显占优，即是一个体现。这一点在浦先生的文学史稿中亦有所表达：

> 元曲的成就如果合并戏曲与散曲来论是超过宋词的成就的，而与唐诗的成就可以相提并论的。①

浦先生的《中国文学史稿（宋元卷）》单列《元代的散曲》一节，对元代散曲的内容和风格特点做出总结：

> （散曲）以抒情为主，间或亦可叙事。②
>
> 散曲的题材也很广泛。主要是闺情、写景、咏物、咏怀、题赠、送别、登临山水、怀古等。凡诗词中题目皆可用散曲表达。因为结合俗语，有滑稽打趣的，比之诗词为新鲜生动。
>
> 散曲是风流潇洒的，反正统思想。绝对没有酸腐的正

---

① 浦江清著，浦汉明、彭书麟整理：《中国文学史稿（宋元卷）》第十一章《元代其他杂剧作家及散曲作家》第五节《元人杂剧的成就》，北京：北京出版社，2018年，第328页。

② 浦江清著，浦汉明、彭书麟整理：《中国文学史稿（宋元卷）》第十一章第六节《元代的散曲》，北京：北京出版社，2018年，第331页。

统的儒家思想，反之以道家的出世为多。多名士作风。[1]

浦先生对散曲的选择体现着他的理论追求、审美标准，整体上更偏于“雅”的色彩。《元明散曲选》中元代小令收录作品最多的是张可久（四十六首），其次依次为马致远（二十五首）、乔吉（十七首）、关汉卿（十六首）、徐再思（十四首）。张可久作品的大量入选，显示浦先生对张可久这位“散曲中之最富者”的认可。所谓“小山不作剧曲，为散曲专家，善能酌取诗词境入曲，自成潇洒清丽一派”[2]。“取诗词境入曲”、“潇洒清丽”是浦先生所赞赏的。比如浦先生在马致远的【双调】湘妃怨《和卢疏斋西湖四首》的眉批中说：“此四首正如东坡和章质夫《杨花》，览原作，风情顿减。亦可俯视张小山。”[3]赞赏马致远散曲所洋溢的“风情”，并与张可久相比较。对元代散曲套数的选择亦显示出浦先生的审美要求。《元明散曲选》共选录元人套曲五篇，分别是杨果《秋旅》、关汉卿《闺思》、马致远《秋兴》、贯云石《西湖游赏》、张

---

① 浦江清著，浦汉明、彭书麟整理：《中国文学史稿（宋元卷）》第十一章第六节《元代的散曲》，北京：北京出版社，2018年，第332页。

② 浦江清选注：《元明散曲选》卷一《元小令·张可久小传》语，北京：北京出版社，2018年，第055页。

③ 浦江清选注：《元明散曲选》卷一《元小令》，北京：北京出版社，2018年，第018页。

可久《湖上晚归》，五篇套曲，或游赏，或闺思，或感怀。所选作品富于才情，有潇洒的风度，也有着更多的清丽色彩。这一点在浦先生的评论文字中有清晰的表达。比如关汉卿《闺思》套后，浦先生识云："此套好处在衬字极少，散曲正宜如此。"[①]说明浦先生欣赏的是衬字少的作品。对马致远的《秋兴》则引《中原音韵》和吴梅先生的意见，表达欣赏之情：

> 《中原音韵》评此曲云：此方是乐府，不重韵，无衬字，韵险语俊，谚云百中无一，余曰万中无一。吴梅云：马致远小令以《天净沙》为最，纯粹天籁，仿佛唐人绝句，《秋思》一套，直似长歌矣，且通篇无重韵，尤较作诗为难。[②]

从中可见对"无衬字""语俊""直似长歌"的赞赏。张可久《湖上晚归》套曲的浦先生眉批引沈德符语，称：

> 沈德符《顾曲杂言》云，若散套，虽诸人皆有之，惟马东篱"百岁光阴"，张小山"长天落彩霞"为一时绝

---

① 浦江清选注：《元明散曲选》卷三《套数》，北京：北京出版社，2018年，第112页。

② 同上书，第115页。

唱，其余俱不及也。[①]

这在对传统曲学评论的认可中表达了自己的审美倾向。

如此对散曲作品的评价，对传统评论的认可与继承，还可以关汉卿作为一个例子。关汉卿在明清文人的笔下被视为元代曲家的代表性人物：是元曲四家之一；与罗贯中、高则诚、马九皋、王实甫、白仁甫、马致远并提；甚至与司马迁、李白、苏轼并列。明人韩邦奇撰《韩邦靖传》云：

> 邦奇尝谓其友樊子恕夫曰："世安有司马迁（欲其作传）、关汉卿（欲其作记）之笔乎？能为吾写吾思吾弟、痛吾弟之情。吾当以此身终世报之。[②]

明人袁宏道称：

> 箧中藏万卷书，书皆珍异。宅畔置一馆，馆中约直正同心友十馀人。人中立一识见极高，如司马迁、罗贯中、

① 浦江清选注：《元明散曲选》卷三《套数》，北京：北京出版社，2018年，第121页。

② （明）韩邦奇撰：《苑洛集》卷八，清文渊阁四库全书补配清文津阁四库全书本。

关汉卿者为主，分曹部署，各成一书。远文唐宋酸儒之陋，近完一代未竟之篇，三快活也。[①]

明代曾异撰《徐文匠制义序》：

而又自分其才无以与于古来左丘明、屈原、司马迁、李白、杜甫、韩愈、苏轼、关汉卿、王实甫之间，是以陆沉溲溺中，行年五十，发白尽而未忍去。[②]

清人《四库全书总目·张小山小令二卷》则说：

自五代至宋，诗降而为词。自宋至元，词降而为曲。文人学士往往以是擅长，如关汉卿、马致远、郑德辉、宫大用之类，皆借以知名于世。可谓敝精神于无用。然其抒情写景，亦时能得乐府之遗。小道可观，遂亦不能尽废。[③]

浦先生选择的关汉卿散曲，内容上多写相思、风情、闲

---

① （明）袁宏道撰：《龚惟长先生（尺牍）》，《袁中郎全集四十卷》卷二十，明崇祯刊本。

② （明）曾异撰：《纺授堂集二十六卷》文集卷一，明崇祯刻本。

③ （清）永瑢等撰：《四库全书总目》卷二百集部五十三，北京：中华书局，1965年，第1835—1836页。

适，风格上偏于婉丽。所选作品包括【双调·沉醉东风】“咫尺的天南地北”等五首、【双调·碧玉箫】“黄召风虔”等六首、【黄钟·一半儿】《题情》“云鬟雾鬓胜堆鸦”等四首，【四块玉】《别情》，套曲【黄钟·侍香金童】《闺思》“春闺院宇”。像今天很受关注的《不伏老》套曲，在古代并没有引起文人们多少注意，但在浦先生的时代，已一再被散曲研究者评论。或以为奇丽，如任中敏《散曲概论》卷二《派别》称“乔氏以外关汉卿、查德卿等散曲内亦常有奇丽之作，关氏《不伏老》一套煞尾为尤著云”①。陆侃如、冯沅君的《中国诗史》中，元代的关汉卿被归入张可久一派，认为其作品“婉而丽”②。举“我却是蒸不烂煮不熟捶不匾炒不爆响珰珰一粒铜豌豆，恁子弟每谁教你钻入他锄不断斫不下解不开顿不脱慢腾腾千层锦套头”为“奇丽”的例子③。或以为豪辣，如梁乙真《元明散曲小史》（1934年版）认为关汉卿散曲以婉丽见长，有时也非常豪辣灏澜，并把《不伏老》视为豪辣灏澜的代

---

① 任中敏：《散曲概论》卷二《派别》，《散曲丛刊》四，台北：台北中华书局，1964年，第36—37页。

② 陆侃如、冯沅君：《中国诗史》卷三《近代诗史》篇四《散曲时代》章三《张可久王磐及其他》，上海：大江书铺，1931年，第1276页。

③ 同上书，第1278—1279页。

表。[1]但浦先生并未收录这一套曲。对关汉卿作品的选录，体现着浦先生对元散曲风格的认识和他的文学审美。

浦江清是倾心于元散曲之“真”的。《元明散曲选》在白朴【寄生草】《饮》后引任中敏的评价，称“任讷谓，近人论散曲推马致远《天净沙》一首为表率，实则‘用意平常，造语凝重，绝少疏放之致，尚不足以表见元曲大部分之精神。周氏于定格四十首中，首标此词，按其气韵格律，则恰可为元曲令词之表率焉’”。[2]其中“疏放之致”即当是浦先生所认同的元曲佳处。而“疏放”便包含着自然率意，磊落坦荡，不事雕琢的意味。浦先生录张可久【商调】《梧叶儿·次韵》：

> 鸳鸯浦，鹦鹉洲，竹叶小渔舟。烟中树，山外楼，水边鸥，扇面儿潇湘暮秋。

引任中敏先生话说：“通体全是静字，无一动词，雅则雅矣，乃过于含而不吐，可算全无曲之妙处。”[3]表达对“过于含而

① 梁乙真：《元明散曲小史》第一章《散曲的开场及清丽派第一期》，上海：商务印书馆，1934年，第71、78页。

② 浦江清选注：《元明散曲选》卷一《元小令》，北京：北京出版社，2018年，第036页。任中敏语出《作词十法疏证》。

③ 同上书，第072页。

不吐”的散曲作品的否定。

《元明散曲选》对明代散曲的选择远少于元代。选择小令作品最多的是王九思（七首）、冯惟敏（七首），其次则是康海（六首）、沈仕（六首），套数部分则选了康海、陈铎、梁辰鱼各一篇，附录中有沈仕一篇套曲。如此选择，除了说明浦先生认为散曲创作的高峰是在元代，同时也传达了浦先生对明代散曲创作成就、代表人物，对明人散曲表现日常生活琐事、发扬元散曲谐谑风格的认识，王磐曲作《失鸡》《瓶杏为鼠所啮》，冯惟敏《下第嘲友人乘独轮车》的入选即是例证。入选的明人诸作同样体现着浦先生对散曲的选择标准，即表情之真诚与语言的平易宛转，亦雅亦俗。

浦江清先生《元明散曲选》对“雅”的偏向，体现了他对文学之美的判断。关于文学之美，浦先生在《王静安先生之文学批评》一文中曾谈到王国维的美学批评，特意详述王国维的“古雅”之说，认为胡适尽受王国维之影响，但王国维“始终认‘古雅’在美学上有一位置也”。[①]“此第二形式之美，先生无以名之，名之曰古雅。实则以今语绎之，即艺术之美的风格耳。而先生名之曰古雅者，犹有保守的精神也。”“保守激进之不同，此先生与胡氏文学批评之意境所以迥异。”[②]并批

① 浦江清：《王静安先生之文学批评》，《浦江清文史杂文集》，北京：清华大学出版社，1993年，第9页。

② 同上书，第10页。

评胡适："故今日白话文之产生，盖应翻译外国思想外国语言之要求，而与文学之进化无涉也。有之不过副势力耳，借重之以推波逐澜耳。故胡氏之运动，虽以白话文学相号召，而实则其目光专注于实用之方面，而无暇及于美术也；专注于语言之方面，而无暇及于文学也。昧于艺术必须具第二形式之理，举一切古雅之原质而尽摧毁之，使天下之文学，无所附丽，遂呈一极昏乱之现象。"①赞扬王国维的"古雅"说"则先生古雅之说，或终不可废也欤"②。"由此以观，则先生之欣赏元人之戏曲，亦有古雅之感存焉。"③

身处20世纪40年代之时，浦先生对胡适"使天下之文学""呈一极昏乱之现象"的评论，对王国维"古雅"说的论述与肯定，正道出了浦先生文学上的审美取向，显示浦先生对文学的"古雅"的重视。

浦先生选散曲作品，惟取元明二代，元明二代之中复推重元代，这样的选择源于对文学之"真"的推崇，其间亦可能接受了王国维先生的影响。浦先生《王静安先生之文学批评》一文，肯定王国维参酌焦循与叔本华之说，"悟历代文学蜕变之

① 浦江清：《王静安先生之文学批评》，《浦江清文史杂文集》，北京：清华大学出版社，1993年，第11页。

② 同上书，第11页。

③ 同上书，第11—12页。

理，拈出真不真之说。以通论古今文学之盛衰，发前人之所未发，言焦氏之所未言”[1]。肯定王国维对词曲之文学价值的推尊。并言：

凡一种文学，其发展之历程，必有三时期。一为原始的时期，二为黄金的时期，三为衰败的时期。此准诸世界而同者。原始的时期真而率，黄金的时期真而工，衰败的时期工而不真。故以工论文学，未有不推崇第二期及第三期者，以真论文学，未有不推崇第一期及第二期者。先生夺第三期之文学的价值，而与之第一期，此千古之卓识也。且先生之视第一期或更重于第二期，故其于词虽推崇北宋，而尤推崇五季。其于曲推崇元人之杂剧，而绝口于明以后之传奇。[2]

对王国维千古卓识的赞赏，正表达了浦先生的美学理论，其对元明散曲的选择，也折射着这一理论的色彩。

王国维“倘有真的文学，而又能极备古雅之原质者，则必更推崇而激赏之”，浦先生亦复如是。关汉卿的【碧玉箫】共

---

① 浦江清：《王静安先生之文学批评》，《浦江清文史杂文集》，北京：清华大学出版社，1993年，第6页。

② 同上书，第7—8页。

十首，浦先生选择了六首，未选的四首，比如：

帘外风筛，凉月满闲阶。烛灭银台，宝鼎篆烟埋。醉魂儿难挣挫，精彩儿强打挨。那里每来，你取闲论诗才。哈，定光的人来赛。

红袖轻揎，玉笋挽秋千。画板高悬，仙子坠云轩。额残了翡翠钿，髻松了柳叶偏。花径边，笑捻春罗扇。揙，玉腕鸣黄金钏。①

或者过于俗，或者不够美。显然，那些真率自然，既能白描，又具备古雅之原质的散曲作品，才是浦先生推崇的作品。

浦先生自己的文字，实际上亦体现这样的美学追求。比如：

宣华苑之繁华正如昙花一现，至北宋中期已少为人所知悉，熙宁中所出二敝纸所书，正是此旧苑中飘零之歌曲，尚记当年风月繁华之盛者，惜以整理蜀国故书之王平甫氏尚不能知此典实，后之读者，复徒以美人艳词视之，遂使一段凄凉之亡国史料湮没而不彰，则《宫词》虽传，

① （元）杨朝英辑：《乐府新编阳春白雪十卷》前集卷四。

犹不传也。[1]

是为考辨文章中如行云流水般的清雅的文字。

这首词没有题目。早期的词都没有题目，原是盛行于倡楼歌馆、宴会酒席上的歌曲，无非是闺情旅思、四时节令、祝寿劝觞之类，当箫管嗷嘈之际，歌妓发吻之时，听懂也好，听不懂也好，用不到报告题目的。

作者不知何人，也不知是何等样人物。或是一位普通的文人，经过鼎州，露宿在驿楼上，偶有此题。也许是一位官宦，迁谪到南方，心中不免牢骚，他所说的归程，不指家乡而指国都所在。如此则有张舜民的"何人此路得生还，回首夕阳红尽处，应是长安"的天涯涕泪在其中，亦未可知。[2]

解读作品，不但讲解精辟，而且文字温润清隽。前面引用的浦先生的《鹦鹉曲》也体现了这种"真"与"雅"的交融。正是

① 浦江清：《花蕊夫人宫词考证·三 宫词与宣华苑》，《浦江清文录》，北京：人民文学出版社，1989年，第59页。

② 浦江清：《词的讲解·一 菩萨蛮·评》，《浦江清文录》，北京：人民文学出版社，1989年，第121、122页。

这样的美学追求决定了浦先生对元明散曲作品的选择。

浦先生《元明散曲选》所体现的审美追求，或许还包含了浦先生对中国新体韵文写作的期待。浦先生对欧化不满，在1932年的日记中曾提到：

> 我提议办一杂志，以打倒高等华人、建设民族独立文化为目的，名曰《逆流》。逆流者，逆欧化之潮流也。觉明、以中、宾四皆赞同，不知何日能发动耳。我近日对于摩登主义恶感日深。①
>
> 心一与余意见多相同。如谓西洋诗歌小说皆已到绝境，西洋文化已到绝境。②

他对新诗的写作富于兴趣，甚至曾因讨论新诗问题而误课：

> 下午余冠英君来谈新诗问题。因高谈未听见钟声，文学史课赶至教室而学生已尽去，此第一次怠职也，抱愧

---

① 1932年1月10日日记，浦江清：《清华园日记·西行日记》，北京：生活·读书·新知三联书店，1987年，第69页。

② 1932年2月4日日记，同上书，第80页。

之至。[1]

对诗歌写作借鉴传统诗词曲持赞赏的态度：

> 夜阅曾仲鸣等所办之《南华文艺》二期。曾君用五言古诗译西洋诗极佳，其才似高出于李思纯。[2]
>
> 卢（冀野）甚狂放，以江南才子自负，曾为新诗发表《民铎》杂志等处，脱胎中国旧词曲句法，不学西洋格律，甚有可取处。[3]

而曲体又是古代诗歌中尚保存部分音奏的一种存在[4]。故在《卢冀野五种曲》一文中，浦先生明确提到自己对新体韵文的期待，对新诗产生的思考，以及新体韵文与曲体间的可能的联系：

---

① 1932年1月11日日记，浦江清：《清华园日记·西行日记》，北京：生活·读书·新知三联书店，1987年，第69—70页。

② 1932年2月15日日记，同上书，第84页。

③ 1929年2月20日日记，同上书，第39页。

④ “惜宋词以前之诗歌，音谱皆亡。惟南北曲之音奏，至今尚保存，一部分。”（浦江清：《悼吴瞿安先生》，浦江清著、张鸣编选：《浦江清文选》，北京：北京大学出版社，2010年，第242页。）

今日吾国文学界切实之需要为一新体韵文之产生。[①]

要之，一般作家，倘信多读中国旧文学便不能成彻底之新作家之说，则吾欲无言。倘尚有丝毫信仰，谓吾国新旧文学不无衔接之可能者，则欲开创新体韵文，对于过去之诗词各体，宜有若干程度之训练。元人之曲，纯用白描，尤将与吾人以创造新体白话韵文之钜大帮助。……小说戏剧，舍己从人，或尚无十分弊害，若诗者，则根据于一民族自然之节奏者深，将此完全推翻，无论大违人之愿望，纵人人极欲之，亦一时做不到之事也。五七言之承雅与骚，词之承五七言，曲之承词，其间蜕化之迹，昭昭明甚。故以历史的眼光观之，将来中国新体韵文，是否将自曲中蜕化而出，亦自一有趣味之问题。虽西洋文学随西洋文明以俱来，将来中国诗歌中或可含多分西洋之格律，虽民间歌谣小调，近顷颇有人提倡，将来中国新诗，或有一部分自民间文学中产生，然而欲从过去之词曲中蜕化出一新体韵文，吾人亦未便加以“此路不通”之武断，要在有才力者分头试验耳。[②]

---

① 浦江清：《卢冀野五种曲》，《浦江清文史杂文集》，北京：清华大学出版社，1993年，第71页。

② 同上书，第71—72页。

浦先生认为新文学与中国文学传统的衔接是中国文学发展的一条重要路径。“今日流行之欧化文学，与中国固有之文学，断然不相衔接，为中国文学上之一大缺憾。则先生古雅之说，或终不可废也欤。”[1]从曲体中蜕化出既“真”且“雅”、学习了元曲的白描手法、与旧文学有所衔接的新体韵文，正是浦先生的一种设想，《元明散曲选》中的作品也因此有着某种示范意义吧。

《元明散曲选》传达着浦先生对传统的注重、对中国诗歌之美的认识，是我们今日理解古代散曲的特色、寻求新的诗歌写作途径、乃至把握20世纪前半叶学术发展的重要资料。

---

① 浦江清：《王静安先生之文学批评》，《浦江清文史杂文集》，北京：清华大学出版社，1993年，第11页。

目　录

001　/　元代的散曲

卷一　元小令

刘秉中

011　/【南吕】干荷叶

杨　果

013　/【越调】小桃红

关汉卿

016　/【双调】沉醉东风

017　/【双调】碧玉箫

018　/【黄钟】一半儿·题情

019　/【南吕】四块玉·别情

庾天锡

020 / 【双调】蟾宫曲

赵 祐

021 / 【双调】蟾宫曲·题金山寺

姚 燧

022 / 【双调】蟾宫曲

022 / 【中吕】满庭芳

023 / 【中吕】喜春来

023 / 【越调】凭阑人·寄征衣

卢 挚

025 / 【双调】湘妃怨

026 / 【双调】寿阳曲

026 / 【黄钟】节节高·题洞庭鹿角庙壁

026 / 【双调】沉醉东风

马致远

028 / 【双调】湘妃怨·和卢疏斋西湖四首

029 / 【双调】拨不断

030 / 【双调】寿阳曲

031 / 【双调】蟾宫曲·叹世
031 / 【越调】天净沙·秋思

刘　致

033 / 【中吕】山坡羊·怀长沙次郭振卿韵
034 / 【中吕】山坡羊·侍牧庵先生西湖夜饮

马九皋

035 / 【双调】殿前欢
036 / 【双调】庆东原·西皋亭适兴

白　贲

037 / 【正宫】黑漆弩
038 / 【双调】百字折桂令

冯子振

039 / 【正宫】黑漆弩·和白无咎韵

白　朴

042 / 【双调】驻马听
043 / 【仙吕】寄生草·饮
043 / 【双调】德胜乐

郑德辉
045 / 【双调】蟾宫曲

贯云石
046 / 【双调】寿阳曲
047 / 【南吕】金字经
047 / 【中吕】红绣鞋
047 / 【双调】殿前欢
048 / 【正宫】塞鸿秋·代人作
048 / 【双调】清江引·惜别

徐再思
049 / 【双调】蟾宫曲·春情
049 / 【双调】水仙子·夜雨
050 / 【双调】水仙子·红指甲
050 / 【双调】水仙子·惠山泉
050 / 【中吕】卖花声
051 / 【双调】清江引·苕溪
051 / 【中吕】红绣鞋·半月泉
051 / 【中吕】朝天子·西湖
052 / 【中吕】朝天子·手帕
052 / 【中吕】朝天子·常山江行
052 / 【中吕】朝天子·杨姬

乔　吉

054 / 【双调】折桂令·赠罗真真、高敬臣、胡善甫席上赋
055 / 【双调】折桂令·富子明寿
055 / 【双调】折桂令·秋思
055 / 【双调】折桂令·问春
056 / 【双调】水仙子·廉香林南园即事
056 / 【双调】水仙子·赠姑苏朱阿娇会玉真李氏楼
056 / 【双调】水仙子·若川秋夕闻砧
057 / 【双调】水仙子·凉夜清兴
057 / 【双调】水仙子·怨风情
057 / 【双调】水仙子·重观瀑布
057 / 【双调】水仙子·咏雪
058 / 【越调】小桃红·闺思
058 / 【越调】小桃红·晓妆
058 / 【双调】郓城春·青天九楼山舟中作
059 / 【中吕】朝天子·歌者簪山橘
059 / 【中吕】朝天子·小娃琵琶
059 / 【越调】天净沙

张可久

062 / 【黄钟】人月圆·春日湖上
063 / 【双调】水仙子·秋思
063 / 【双调】水仙子·红指甲

064 / 【双调】折桂令·九日
064 / 【双调】折桂令·读史有感
064 / 【中吕】满庭芳·山中杂兴
065 / 【越调】寨儿令·西湖秋夜
065 / 【越调】寨儿令·春思
066 / 【双调】殿前欢
066 / 【双调】清江引·幽居
066 / 【双调】清江引·秋怀
066 / 【越调】小桃红·赠琵琶妓王氏
067 / 【越调】朝天子·山中杂书
067 / 【南吕】金字经
068 / 【正宫】小梁州·春游晚归
068 / 【正宫】小梁州·避暑即事
068 / 【正宫】汉东山·失题
069 / 【双调】折桂令·晚春送别
070 / 【中吕】满庭芳·春晚梅友元帅席上
070 / 【中吕】满庭芳·春日闺思
070 / 【中吕】普天乐·秋怀
071 / 【双调】清江引·春思
071 / 【仙吕】一半儿·秋日宫词
071 / 【仙吕】一半儿·野桥酬耿子春
071 / 【正宫】小梁州·秋思酸斋索赋

072 / 【正宫】小梁州·郊行即事
072 / 【双调】湘妃怨·怀古
072 / 【双调】折桂令·紫微楼上右平章索赋
073 / 【商调】梧叶儿·次韵
073 / 【越调】小桃红

曹明善

075 / 【中吕】喜春来·和则明韵
075 / 【双调】三棒鼓声频·题渊明醉归图
076 / 【双调】庆东原·江头即事
076 / 【双调】清江引·失题

王　晔

077 / 【双调】天香引·问苏卿
077 / 【双调】凤引雏·再问
078 / 【双调】凌波仙·驳

卷二　明小令

康　海

081 / 【北双调】沉醉东风·秋日即事
081 / 【北双调】折桂令·庚辰夏晓起临镜戏作

082 / 【北仙吕】寄生草·读史有感
082 / 【北双调】雁儿落带过得胜令·饮中闲咏

王九思

083 / 【北双调】水仙子
083 / 【南南吕】梁州序·春夜
084 / 【南仙吕】二犯傍妆台·四时怨
084 / 【南商调】黄莺儿·春日睡起

王　磐

085 / 【北中吕】满庭芳·失鸡
085 / 【北正宫】脱布衫过小梁州·秋夜同陆秋水湖上泛舟
086 / 【北中吕】朝天子·咏喇叭
086 / 【北中吕】朝天子·瓶杏为鼠所啮

沈　仕

087 / 【南仙吕】桂枝香·美姝
087 / 【南仙吕】桂枝香·咏镜
088 / 【南南吕】懒画眉·旅思
088 / 【南南吕】懒画眉·春日闺中即事
088 / 【南南吕】懒画眉·春怨
088 / 【南商调】黄莺儿·美人隔窗

陈　铎

090　/【南商调】娇莺儿·题情

金　銮

091　/【南仙吕】一封书·闲适

祝允明

093　/【南仙吕】金络索·四时闺怨

唐　寅

096　/【南商调】黄莺儿·闺思

杨　慎

098　/【南商调】黄莺儿
098　/【南商调】黄莺儿·又题太华

黄夫人

100　/【南商调】黄莺儿

冯惟敏

101　/【北中吕】朝天子·自遣
101　/【南南吕】二犯傍妆台·此景亭观雨共酌
102　/【北双调】折桂令·下第嘲友人乘独轮车

明无名氏

104 / 【南仙吕入商调】玉胞肚

卷三 套数

杨 果

109 / 【仙吕·赏花时】秋旅

关汉卿

111 / 【黄钟·侍香金童】闺思

马致远

113 / 【双调·夜行船】秋兴

贯云石

116 / 【北中吕·粉蝶儿】西湖游赏（南北合套）

张可久

120 / 【南吕·一枝花】湖上晚归

康 海

122 / 【北中吕·粉蝶儿】代友人宦邸书怀

陈　铎
124　/【南仙吕·一封书犯】春词

梁辰鱼
126　/【大石调·念奴娇序】拟出塞

沈　仕
129　/【北双调·新水令】秋怨（南北合套）

131　/ **影印本后记**

卷四　补选元明散曲五十首

王　鼎
145　/【仙吕】一半儿·题情

商　挺
146　/【双调】潘妃曲

陈草庵
147　/【中吕】山坡羊·叹世

关汉卿

148 / 【双调】大德歌·秋

148 / 【南吕】四块玉·闲适

148 / 【南吕·一枝花】不伏老

白　朴

151 / 【中吕】喜春来·知几

151 / 【越调】天净沙·秋

151 / 【双调】沉醉东风·渔夫

马致远

153 / 【双调】落梅风·远浦归帆

153 / 【双调】清江引·野兴

153 / 【南吕】金字经

154 / 【双调】行香子

赵孟頫

155 / 【仙吕】后庭花

王实甫

156 / 【中吕】十二月过尧民歌·别情

阿里西瑛

157 / 【双调】殿前欢·懒云窝

鲜于必仁

158 / 【越调】寨儿令

张养浩

159 / 【中吕】山坡羊·潼关怀古

159 / 【中吕】山坡羊·北邙山怀古

睢景臣

160 / 【般涉调·哨遍】高祖还乡

乔　吉

162 / 【中吕】山坡羊·自警

162 / 【中吕】山坡羊·寓兴

162 / 【越调】凭栏人·金陵道中

刘　致

164 / 【中吕】山坡羊·西湖醉歌次郭振卿韵

阿鲁威

165 / 【双调】落梅风

马九皋

166 / 【中吕】山坡羊

张可久

167 / 【正宫】醉太平

167 / 【正宫】醉太平·怀古

168 / 【越调】凭栏人·江夜

168 / 【双调】庆宣和·毛氏池亭

吕止庵

169 / 【仙吕】醉扶归

张鸣善

171 / 【双调】水仙子·讥时

杨朝英

173 / 【双调】水仙子·自足

173 / 【商调】梧叶儿·客中闻雨

钟嗣成

175 / 【双调】清江引·情

倪　瓒

176 / 【黄钟】人月圆

冯梦龙《挂枝儿》《山歌》

178 / 心口相问

178 / 病

178 / 素帕

179 / 虚名

179 / 荷

179 / 错认

180 / 咳嗽

180 / 半夜

180 / 泥人

181 / 泣想

181 / 喷嚏

181 / 咒

182 / 月

182 / 小和尚

183 / **整理者跋**

元代的散曲

元曲兼指剧曲和散曲，剧曲属戏剧，散曲则是词以后兴起的诗歌新样式。南宋后期，词日趋衰落，随着金元俗曲的增多和元人歌曲的普遍，原本产自民间的文艺形式由于文人的参与创制而兴盛起来，元人自称其为“乐府”，后世将其名为“散曲”。

散曲分小令与套数两种形式。单支者名为小令。同一个宫调组织许多曲子成为一套的名为套数，亦名散套，这是相对于戏曲中应用的剧套而言。

散曲只是清唱的，配合音乐的。无科白，无搬演。以抒情为主，间或亦可叙事。

散曲有许多不同的曲牌名。如【折桂令】【四块玉】【天净沙】【沉醉东风】【水仙子】等。此类曲调是金元时代流行的歌曲。性质与宋词相同，不过词是唐宋时期流行的歌曲，到了金元时代有俗曲起来，词已变为高雅的东西，不大流行歌唱了。

曲中的小令与词中的小令是有别的。曲的小令只有单支，词中小令往往有上下两叠。词中有慢词、长调，曲的小令都是短小的，无慢词。但有将同一宫调的两支曲调连唱的，称“带过曲”，它介于小令与散套之间。

曲的套数，相当于词的赚词、大曲。

词可以用同一词牌，连作数首。如温飞卿有《菩萨蛮》十四章。曲的小令亦然，可以单作一首，亦可连作若干篇。如白仁甫有【驻马听】四首，分咏吹、弹、歌、舞。又如关汉卿有【一半儿】《题情》数首，皆咏闺情。

套数可长可短。短者如杨西庵【仙吕·赏花时】套只有【赏花时】【胜葫芦】【赚尾】三曲，咏秋景。长者如刘时中（刘致）【正宫·端正好】《上高监司》二套，前套十五曲，后套三十四曲。

散曲中的套数有同于剧曲中的，如【正宫·端正好】套等。也有剧曲中不用的，如马致远【双调·夜行船】《秋兴》，所用曲有在剧曲中不见的。睢景臣《高祖还乡》套，开始用【哨遍】，此曲为剧曲中所不用。而其后之【耍孩儿】及五个煞尾，则剧曲中亦用。

散曲的题材也很广泛。主要是闺情、写景、咏物、咏怀、题赠、送别、登临山水、怀古等。凡诗词中题目皆可用散曲表达。因为结合俗语，有滑稽打趣的，比之诗词为新鲜生动。如马致远的【般涉调·耍孩儿】《借马》。

散曲是风流潇洒的，反正统思想。绝对没有酸腐的正统的儒家思想，反之以道家的出世为多。多名士作风。

散曲以抒情为主，亦有咏传奇故事的，如《摘翠百咏小春秋》，用一百支【小桃红】咏西厢故事。

元人散曲都是北曲，惟亦有少数南北合套，以北曲与南曲相间成套。

元代流行的俗曲，无名氏所作的保存下来不多，现存散曲选本中的主要是名家之作，散曲的选本有：

1.《阳春白雪》十卷，元杨朝英（澹斋）选（《散曲丛刊》本）。

2.《朝野新声太平乐府》九卷，元杨朝英选（《四部丛刊》本）。

3.《乐府群玉》五卷，疑元末胡存善编，专选小令（《散曲丛刊》本）。

4.《乐府群珠》四卷，明无名氏辑（疑胡存善原编，后人有所补益），卢前校，选元明人小令（1955年商务印书馆本）。

元散曲作家：

散曲作家有地位官职高的，如刘秉忠，官至太保，杨果（西庵）官参政，卢摰（疏斋）官江东道廉访使，姚燧（牧庵）官翰林学士承旨等；有少数民族的，如康里人不忽木（官平章政事），蒙族人阿鲁威，畏吾儿（维吾尔）人贯云石（酸斋）等。其中刘、杨、姚所作不多，而卢、贯为散曲重要作家。

剧作家关、王、白、马、郑、乔都有散曲，兼散曲作家。其中马致远、乔吉所作尤多，为散曲大家。

专作散曲的名家有卢挚、马昂夫（号九皋，即薛昂夫，回鹘人）、张养浩（1269—1329，山东济南人）、贯云石（1286—1324，号酸斋，畏吾儿人）、徐再思（号甜斋）、刘致（字时中），而以张可久（小山）所作最多，与乔吉齐名，并称乔张。张小山的散曲，典雅化，同于诗词的作风。

散曲的代表作品：

小令：如刘秉忠【干荷叶】，杨果【小桃红】《咏采莲》，马致远【天净沙】《秋思》（一云无名氏作），关汉卿【四块玉】《别情》，白贲（字无咎）【黑漆弩】（一名“鹦鹉曲”）《渔父》（冯子振有和作），白仁甫【驻马听】《吹》《弹》《歌》《舞》四首、【寄生草】《饮》等。

套数：

马致远《秋兴》（【夜行船】）、《借马》（【耍孩儿】）；

贯云石《西湖游赏》（【北粉蝶儿】，合南曲，南北合套）；

张可久《湖上晚归》（【一枝花】）；

刘时中《上高监司》（【端正好】）（极长）；

睢景臣《高祖还乡》（【哨遍】）。

以上作品见《阳春白雪》《乐府群玉》《太平乐府》诸

书，及周德清《中原音韵·作词十法》所举的典范作品。

下举几例：

马致远【天净沙】《秋思》：

> 枯藤老树昏鸦，小桥流水人家，古道西风瘦马。夕阳西下，断肠人在天涯。

此曲多云无名氏作，《尧山堂外纪》归马致远。《中原音韵》评此为“《秋思》之祖”，王国维评此“纯是天籁，仿佛唐人绝句”，历来推此为小令表率，任二北嫌其静字太多，尚非曲之至者。

白朴【寄生草】《饮》：

> 长醉后方何碍，不醒时有甚思，糟腌两个功名字，醅渰千古兴亡事，曲埋万丈虹霓志。不达时皆笑屈原非，但知音尽说陶潜是。

此词周德清《中原音韵》取在定格四十首之首列，评曰：“命意、造语、下字，俱好。”任讷谓，近人论散曲推马致远【天净沙】一首为表率，“实则用意平常，选语凝重，绝少疏放之致，尚不足以表见元曲大部分之精神。周氏于定格四十首中，首标此词，按其气韵格律，则恰可为元曲令词之表率焉”（任讷《作词十法疏证》)。

白无咎【黑漆弩】:

依家鹦鹉洲边住,是一个不识字渔父。浪花中一叶扁舟,睡煞江南烟雨。觉来时满眼青山暮,抖擞着绿蓑归去。算从前错怨天公,甚也有安排我处。

此曲《阳春白雪》作无名氏。冯子振(海粟)有和韵三十九首,其序谓此曲白无咎作,今姑从之。此曲传唱一时,士大夫以为难和,如"父"字韵,"甚"字必要去声,"我"字必要上声,音律始谐,不然不可歌。冯海粟和之三十余章,可谓灏烂矣。

马致远《秋兴》(一作《秋思》)(散套):

【双调·夜行船】百岁光阴一梦蝶,重回首往事堪嗟。今日春来,明朝花谢,急罚盏夜阑灯灭。

【乔木查】想秦宫汉阙,都做了衰草牛羊野,不恁么渔樵没话说。纵荒坟横断碑,不辨龙蛇。

【庆宣和】投至狐踪与兔穴,多少豪杰。鼎足虽坚半腰里折,魏耶?晋耶?

【落梅风】天教你富,莫太奢,不多时好天良夜。富家儿更做道你心似铁,空辜负了锦堂风月。

【风入松】眼前红日又西斜，疾似下坡车。不争镜里添白雪，上床与鞋履相别。休笑鸠巢计拙，葫芦提一向装呆。

【拨不断】利名竭，是非绝，红尘不向门前惹。绿树偏宜屋角遮，青山正补墙头缺，更那堪竹篱茅舍。

【离亭宴煞】蛩吟罢一觉才宁贴，鸡鸣时万事无休歇，何年是彻？看密匝匝蚁排兵，乱纷纷蜂酿蜜，闹穰穰蝇争血。裴公绿野堂，陶令白莲社。爱秋来时那些：和露摘黄花，带霜分紫蟹，煮酒烧红叶。想人生有限杯，浑几个重阳节？人问我顽童记者：便北海探吾来，道东篱醉了也。

此套数第一曲总说，第二曲咏帝王，第三曲咏豪杰，第四曲咏富人，第五曲以下写自己处世，接近自然。《中原音韵》评此曲云："此方是乐府，不重韵，无衬字，韵险，语俊。谚云：'百中无一。'余曰：'万中无一。'"吴梅云："马致远小令以【天净沙】为最，纯是天籁，仿佛唐人绝句。《秋思》一套直似长歌矣。且通篇无重韵，尤较作诗为难。"

（节选自浦江清著，浦汉明、彭书麟整理：
《中国文学史稿（宋元卷）》第十一章第六节）

卷一　元小令

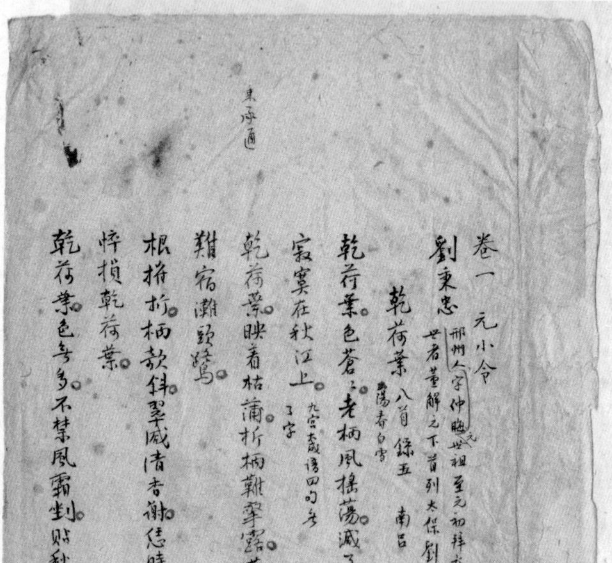
卷一　元小令
劉秉忠　邢州人，字仲晦。元世祖至元初拜太保。錄鬼簿前半名公有樂章傳於世者，董解元之下首列太保劉公。
乾荷葉　八首　錄五　南呂　陽春白雪
乾荷葉，色蒼蒼，老柄風搖蕩。減了清香，越添黃，都因昨夜一場霜。寂寞在秋江上。（九宮大成譜四句多了字）
乾荷葉，映着枯蒲，折柄難擎露。藕絲無，倩風扶，待擎無力不乘珠。難宿灘頭鷺。
根摘折柄款，絆翠減清香謝。恁時節，萬絲絕，紅鴛白鷺不能遮。憔損乾荷葉。
乾荷葉，色無多，不禁風霜剉。貼秋波，倒枝柯，宮娃齊唱采蓮歌，夢

浦江清《元明散曲选》手迹欣赏一

刘秉中

字仲晦，邢州人。元世祖至元初拜太保。《录鬼簿》前辈名公有乐章传于世者，董解元下首列太保刘公。

【南吕】干荷叶

（八首录五，《阳春白雪》）

干荷叶，色苍苍，老柄风摇荡。减了[1]清香，越添黄。都因昨夜一场霜，寂寞在秋江上。

干荷叶，映着枯蒲，折柄难擎露。藕丝无，倩风扶。待擎无力不乘[2]珠，难宿滩头鹭。

根摧折，柄欹斜，翠减清香谢。恁时节，万丝绝。红鸳白鹭不能遮，憔悴损干荷叶。

干荷叶，色无多，不禁风霜锉。贴秋波，倒枝柯。宫娃齐唱采莲歌，梦里繁华过。

南高峰，北高峰，惨淡烟霞洞。宋高宗，一场空。吴山依旧酒旗风，两度江南梦。[3]

[注]

①《九宫大成谱》四句无“了”字。

②“乘”“承”通。

③康伯可《长相思》云：南高峰，北高峰，一片湖光烟霭中，春来愁杀侬。又南宋宫人袁正真《送汪元量》词云：南高峰，北高峰，南北高峰云淡浓，湖山画图中。

杨 果

字正卿，蒲阴人。金正大进士，入元累官参知政事，出为怀孟路总管。卒谥文献。有《西庵集》。

【越调】小桃红

（八首，《阳春白雪》）

碧湖湖上采芙蓉，人影随波动。凉露沾衣翠绡重，月明中，画船不载凌波梦。都来一段，红幢翠盖，香尽满城风。

满城烟水月微茫，人倚兰舟唱。常记相逢若耶上，隔三湘，碧云望断空惆怅。美人笑道，莲花相似，情短藕丝长。

采莲人和采莲歌，柳外兰舟过。不管鸳鸯梦惊破，夜如何，有人独上江楼卧。伤心莫唱，南朝旧曲，司马泪痕多。

碧湖湖上柳阴阴，人影澄波浸。常记年时对花饮，到如今，西风吹断回文锦[①]。羡他一对，鸳鸯飞去，残梦蓼花深。

玉箫声断凤凰楼，憔悴人别后。留得啼痕满罗袖，去来休，楼前风景浑依旧。当初只恨，无情烟柳，不解系行舟。

芡花菱叶满秋塘，水调谁家唱。帘卷南楼日初上，采秋香，画船稳去无风浪。为郎偏爱，莲花颜色，留作镜中妆。

锦城何处是西湖，杨柳楼前路。一曲莲歌碧云暮，可怜渠，画船不载离愁去。几番曾过，鸳鸯汀下，笑煞月儿孤。

采莲湖上棹船回，风约湘裙翠。一曲琵琶数行泪，望君归，芙蓉开尽无消息。晚凉多少，红鸳白鹭，何处不双飞。

（任讷云,一名“武陵春”“采莲曲”,又名“绛桃春”。“平湖乐”则见王恽《秋涧乐府》。句法为七五七三七四四五。

周德清《中原音韵》附“作词十法”录【小桃红】《情》一首云：“断肠人寄断肠词，词写心间事。事到头来不由自，自寻思。思量往日真诚志。志诚是有，有情谁似？似俺那人儿。”评曰：“顶真妙，且音律谐和。”又据第九法，末句应是：仄仄仄平平。）

[注]

①《晋书·列女传》窦滔为秦州刺史，被徙流沙，妻苏氏思之，织锦为回文旋图诗以赠滔。唐武后《璇玑图序》云，前秦苻坚时，窦滔镇襄阳，携宠姬赵阳台之任，断妻苏蕙音问。蕙因织锦为回文，五彩相宣，纵横八寸，题诗二百余首，计八百余言，纵横反复皆成章句，名曰璇玑图以寄滔。

关汉卿

大都人，太医院尹，号已斋叟。

【双调】沉醉东风

（五首，《阳春白雪》）

咫尺的天南地北，霎时间月缺花飞。手执着饯行杯，眼阁着别离泪。刚道得声保重将息，痛煞煞教人舍不得。好去者，望前程万里。

忧则忧鸾孤凤单，愁则愁月缺花残。为则为俏冤家，害则害谁曾惯，瘦则瘦不似今番，恨则恨孤帏绣衾寒，怕则怕黄昏到晚。

伴夜月银筝凤闲，暖东风绣被常悭[1]。信沉了鱼，书绝了雁，盼雕鞍万水千山。本利对相思若不还，只告与那能索债愁眉泪眼。

夜月青楼凤箫，春风翠髻金翘。雨云浓，心肠俏，俊庞儿玉嫩[2]香娇。六幅湘裙一搦腰，间别来十分瘦了。

面比花枝解语，眉横柳叶长疏。想着雨和云，朝还暮，但开口只是长吁。纸鹞儿[3]休将人厮应付，肯不肯怀儿里便许。

（此调句法为六六三三七七七。七句共有六韵，而三个七字句为上三下四、上四下三、上三下四，不可更动。周德清“作词十法”举“黄芦岸白蘋渡口,绿杨堤红蓼滩头。 虽无刎颈交,却有忘机友。点秋江白鹭沙鸥。傲杀人间万户侯,不识字烟波钓叟”［《尧山堂外纪》谓此词白朴作］为例。）

【双调】碧玉箫

（十首录六,《阳春白雪》）

黄召风虔，盖下丽春园。员外心坚，使了贩茶船。金山寺心事传，豫章城人月圆。苏氏贤，嫁了双知县。天，称了他风流愿。

怕见春归，枝上柳绵飞。静掩香闺，帘外晓莺啼。恨天涯锦字稀，梦才郎翠被知。宽尽衣，一搦腰肢细。痴，暗暗的添憔悴。

盼断归期，划损短金篦。一搦腰围，宽褪素罗衣。知他是甚病疾，好教人没理会，拣口儿食，陡恁的无滋味。医，越恁的难调理。

你性随邪，迷恋不来也。我心痴呆，等到月儿斜。你欢娱受用别，我凄凉为甚迭！休谎说，不索寻吴越。

咱，负心的教天识者！

秋景堪题，红叶满山溪。松径偏宜，黄菊绕东篱。正清樽斟泼醅，有白衣劝酒杯。官品极，到底成何济。归，学取他渊明醉。

笑语喧哗，墙内甚人家？度柳穿花，院后那娇娃。媚孜孜整绛纱，颤巍巍插翠花。可喜煞，巧笔难描画。他，困倚在秋千架。

【黄钟】一半儿·题情

（四首，《太平乐府》）

云鬟雾鬓胜堆鸦，浅露金莲簌绛纱，不比等闲墙外花。骂你个俏冤家，一半儿难当一半儿耍。

碧纱窗外静无人，跪在床前忙要亲，骂了个负心回转身。虽是我话儿嗔，一半儿推辞一半儿肯。

银台灯灭篆烟残，独入罗帏掩泪眼，乍孤眠好教人情兴懒。薄设设被儿单，一半儿温和一半儿寒。

多情多绪小冤家，迤逗的人来憔悴煞。说来的话先瞒过咱，怎知他，一半儿真实一半儿假。

【南吕】四块玉·别情

（《太平乐府》）

自送别，心难舍，一点相思几时绝？凭阑袖拂杨花雪。溪又斜，山又遮，人去也！

［注］

①任云，“常悭”疑是“鸳悭”之误。

②残元本“玉嫩”作“玉软”。

③纸鹞儿，言其远而空也。

庾天锡

字吉甫，大都人。中书省掾，除员外郎，中山府判。有杂剧多种，见《录鬼簿》。贯酸斋序《阳春白雪》谓："关汉卿、庾吉甫造语妖娇。适如少美临杯，使人不忍对殢。"今庾作传世寥寥，不能窥其所至。

【双调】蟾宫曲

（俗名折桂令，《阳春白雪》）

环滁秀列诸峰，山有名泉，泻出其中。泉上危亭，僧仙好事，缔构成功。四时朝暮不同，宴酣之乐无穷。酒饮千钟，能醉能文，太守欧翁。

滕王高阁江干，佩玉鸣鸾，歌舞阑珊。画栋朱帘，朝云暮雨，南浦西山。物换星移几番，阁中帝子应笑[1]。独倚危阑，槛外长江，东注无还。

［注］

①"笑"字待校。

赵　祐

【双调】蟾宫曲·题金山寺[①]

（《阳春白雪》）

长江浩浩西来，水面云山，山上楼台。山水相辉，楼台相对，天与安排。诗句就云山动色，酒杯倾天地忘怀。醉眼睁开，遥望蓬莱。一半云遮，一半烟埋。

[注]

①此曲亦见《中原音韵》及《雍熙乐府》，字句略有出入。

姚　燧

字端甫，柳城人。姚枢侄。受学于许衡，成宗时为翰林学士，又拜中奉大夫、江西行省参知政事；武宗朝以翰林学士承旨致仕。卒于家，谥文。有《牧庵集》。

【双调】蟾宫曲

（《阳春白雪》）

博山铜细袅香风，两行纱笼，烛影摇红。翠袖殷勤捧金钟，[①]半露春葱。唱好是会受用文章巨公，绮罗丛醉眼朦胧。[②]夜宴将终，十二帘栊，月转梧桐。[③]

【中吕】满庭芳

（二首，《阳春白雪》）

天风海涛，昔人曾此[④]，酒圣诗豪。我到此闲登眺，日远天高。山接水茫茫渺渺，水连天隐隐迢迢。供吟啸[⑤]。功名事了，不待老僧招。

帆收钓浦，烟笼浅沙，水满平湖。晚来尽滩头聚，笑语相呼。鱼有剩和烟旋煮，酒无多带月影沽。[⑥]盘中物，山肴野蔌，且尽葫芦。

【中吕】喜春来⑦

（一名阳春曲，四首录一，《太平乐府》）

笔头风月时时过，眼底儿曹渐渐多。有人问我事如何，人海阔，无日不风波。

【越调】凭阑人·寄征衣⑧

（《太平乐府》）

欲寄君衣君不还，不寄君衣君又寒。寄与不寄间，妾身千万难。⑨

[注]

①第四句律待校，《辍耕录》多一“来”字是。

②《辍耕录》载虞伯生在翰苑时宴散散学士，家有歌儿顺时秀者唱【折桂令】“博山铜细袅香风”云云。伯生爱其清新可喜。时席上偶谈三国蜀汉事，因命纸笔亦赋一曲，曰：銮舆三顾茅庐，汉祚难扶。日暮桑榆，深渡南泸，长驱西蜀，力拒东吴。

美乎，周瑜妙术；悲夫，关羽云殂。天数盈虚，造物乘除，问汝何如，笑赋归欤。

③《辍耕录》“两行”作“两道”，“捧”作“来捧”，“金钟”作“玉钟”，“朦胧”下多“漏转铜龙”一句，“月转”作“月上”。残元本于“梧桐”下有“铜龙”二字。

④任校“曾此”改为“曾比”，非是。

⑤“吟啸”原作“吟笑”，从任改。

⑥任云“尽”字待校，“影”字疑是“频”字。

⑦《太平乐府》录此作姚燧，任讷《阳春白雪补集》出自残元刊本《阳春白雪》者乃作无名氏，九首中之一首。

⑧张怡云，大都名妓，居海子上，能诗词，赵松雪、商正叔、高房山为写怡云图。姚牧庵、阎静静每于其家小酌。怡云有寄姚征衣词云云，出吴长元《宸垣识略》。

⑨《辍耕录》卷二十九，洞庭刘氏有夫叶正甫，久客都门。因寄衣侑以诗云：情同女牛隔天河，又喜秋来得一过。岁岁寄郎身上服，丝丝是妾手中梭。剪声自觉和肠断，线脚那能抵泪多。长短只依先去样，不知肥瘦近如何。

卢　挚

字处道，号疏斋，涿郡人。至元五年进士，大德初授集贤学士，持宪湖南，迁江东道廉访使，复入为翰林学士承旨。

【双调】湘妃怨[1]

（俗名水仙子，《阳春白雪》）

湖山佳处那些儿，恰到轻寒微雨时。东风懒倦催春事，嗔垂杨袅绿丝，海棠花偷抹胭脂。任吴岫眉尖恨，厌钱塘江上词，是个妒色的西施。

朱帘画舫那人儿，林影荷香雨霁时。樽前歌舞多才思，紫云英琼树枝，对波光山色参差。切香脆江瑶脍，擘轻红新荔枝，是个好客的西施。

苏堤鞭影半痕儿，常记吴山月上时。闲寻灵鹫西岩寺，冷泉亭偏费诗，看烟鬟尘外丰姿。染绛霄裁霜叶，酿清香飘桂子，是个百巧的西施。

梅梢雪霁月芽儿，点破湖烟雪落时。朝来亭树琼瑶似，笑渔蓑学鹭鸶，照歌台玉镜冰姿。谁僝僽鸱夷子，也新添两鬓丝，是个淡净的西施。

【双调】寿阳曲

（四首录二，俗名落梅风，《阳春白雪》）

银台烛，金兽烟，夜方阑画堂开宴。管弦停，玉杯斟较浅，听春风遏云歌遍。

金蕉叶，银萼花，卷长江酒杯低亚。醉书生且休扶上马，听春风玉箫吹罢。

【黄钟】节节高·题洞庭鹿角庙壁

（《太平乐府》）

雨晴云散，满江明月。风微浪息，扁舟一叶。半夜心，三生梦，万里别，闷倚篷窗睡些。

【双调】沉醉东风

（《太平乐府》）

挂绝壁松枯倒倚，落残霞孤鹜齐飞。四围不尽山，一望无穷水，散西风满天秋意。夜静云帆月影低，载我在潇湘画里。

（上两首出《元人小令集》。）

[注]

①《乐府群玉》载刘时中【水仙操】四首有引云："'若把西湖比西子，淡妆浓抹总相宜'，玉局翁诗也。填词者窃其意，演作世所传唱【水仙子】四首，仍以'西施'二字为断章，盛行歌楼乐肆间，每恨其不能佳也。且意西湖西子，有秦□无人之感。崧麓有樵者，闻而是之，即以春、夏、秋、冬赋四章，命之曰《西湖四时渔歌》。其约，首句韵以'儿'字，'时'字为之次，'西施'二字为句绝，然后一洗而空之。邀同赋，谨如约。"刘作四首今略。据此知先有俗歌。如此格调，故卢、马、刘等仿作之。惟卢、刘两人之作谁在前，则不可知矣。

马致远

大都人，号东篱，任浙江行省务官（贾本钟《录》作“老江浙行省务提举”）。《东篱乐府》一卷，江都任讷辑本。任云，马氏散曲以豪放为主，如天马脱羁，极尽驰骋之乐。

【双调】湘妃怨·和卢疏斋西湖四首

（一名水仙子，一名凌波仙，《阳春白雪》）

春风骄马五陵儿，暖日西湖三月时。管弦触水莺花市，不知音不到此，宜歌宜酒宜诗。山过雨颦眉黛，柳拖烟堆鬓丝，可戏煞睡足的西施。

采莲湖上画船儿，垂钓滩头白鹭鸶。雨中楼阁烟中寺，笑王维作画师，蓬莱倒影参差。薰风来至，荷香净时，清洁煞避暑的西施。

金卮满劝莫推辞，已是黄柑紫蟹时。鸳鸯不管伤心事，便白头湖上死，爱园林一抹胭脂。霜落在丹枫上，水飘着红叶儿，风流煞带酒的西施。

人家篱落酒旗儿，雪压寒梅老树枝。吟诗未稳推敲字，为西湖捻断髭，恨东坡对雪无诗。休道是苏学士、韩退之，难装傅粉的西施。

（此四首正如东坡和章质夫《杨花》，览原作风情顿减。亦可俯视张小山。）

【双调】拨不断

（十首，一名续断弦，《阳春白雪》）

九重天，二十年，龙楼凤阁都曾见。绿水青山任自然，旧时王谢堂前燕，再不复海棠庭院。

叹寒儒，谩读书，读书须索题桥柱。题柱谁乘[①]驷马车，乘车谁买《长门赋》，且看了长安回去。

路傍碑，不知谁，春苔绿满无人祭。毕卓生前酒一杯，曹公身后坟三尺，不如醉了还醉。

怨离别，恨离别，君知君恨君休惹。红日如奔过隙驹，白头渐满杨花雪[②]，一日一个渭城客舍。

孟襄阳，兴何狂，冻骑驴灞陵桥上。便纵有些梅花入梦香，倒不如风雪销金帐，慢慢的浅斟低唱。

笑陶家，雪烹茶，就鹅毛瑞雪初成腊。见蝶翅寒梅正有花，怕羊羔美酒新添价，拖得人冷斋里闲话。

菊花开，正归来，伴虎溪僧鹤林友龙山客。似杜工部陶渊明李太白，有洞庭柑东阳酒西湖蟹。哎，楚三闾休怪。

浙江亭，看潮生，潮来潮去原无定，惟有西山万古青。子陵一钓多高兴，闹中取静。

酒杯深，故人心，相逢且莫推辞饮。君若歌时我慢斟，屈原清死由他恁。醉和醒争甚。

瘦形骸，闷情怀，丹枫醉映秋山色。黄菊雕残戏马台，白衣盼杀东篱客，你莫不子猷访戴。

【双调】寿阳曲

（三十一首录八，一名落梅风，《阳春白雪》）

云笼月，风弄铁，两般儿助人凄切。剔银灯欲将心事写，长吁气一声吹灭。

磨龙墨，染兔毫，倩花笺欲传音耗。真写到半张却带草，叙寒温不知个颠倒。

心间事，说与他，动不动早言两罢。罢字儿碜可可你道是要，我心里怕那不怕。

人初静，月正明，纱窗外玉梅斜映。梅花笑人休弄影，月沉时一般孤另。

蝶慵戏，莺倦啼，方是困人天气。莫怪落花吹不起，珠帘外晚风无力。

香罗带，玉镜台，对妆奁懒施眉黛。落红满阶愁似海，问东君故人安在。

琴愁操，香倦烧，盼春来不知春到。日长也小窗前一睡着，卖花声把人惊觉。

因他害，染病疾，相识每劝咱是好意。相识若知咱究里，和相识也一般憔悴。

【双调】蟾宫曲·叹世

（二首，一名折桂令，《太平乐府》）

东篱半世蹉跎，竹里游亭，小宇婆娑。有个池塘，醒时鱼笛，醉后渔歌。严子陵他应笑我，孟光台我待学他。笑我如何，到大江湖也避风波。

咸阳百二山河，两字功名，几阵干戈。项废东吴，刘兴西蜀，梦说南柯。韩信功兀的般证果，蒯通言那里是风魔。成也萧何，败也萧何，醉了由他。

【越调】天净沙·秋思③

（《尧山堂外纪》卷六十八，

马东篱又有【天净沙】《秋思》词曰）

枯藤老树昏鸦，小桥流水人家，古道西风瘦马。夕阳西下，断肠人在天涯。

（以上马致远小令二十五首，【湘妃怨】【拨不断】【寿阳曲】出《阳春白雪》，【蟾宫曲】出《太平乐府》，【天净沙】出《尧山堂外纪》。）

[注]

①“谁乘”原作“虽乘”，据意改。

②“杨花雪”原作“玉花雪”，从任中敏校。

③此曲多云无名氏，《尧山堂外纪》归马致远。历来认为小令表率，任二北嫌其静字太多，尚非曲之至者。

刘 致

字时中，号逋斋，石州宁乡人。任永新州判，历翰林待制，出为浙江行省都事。卒贫无以葬。所作散曲，《阳春白雪》选小令六首，套数三套；《太平乐府》选小令十首；《乐府群玉》以之首列，录小令五十一首，其上高监司【正宫·端正好】一套有三十四调之多，为套曲中最长者，且内容历数当时吏役弄奸，库藏积弊，并条陈改革办法，议论纵横，慨叹深致，盖一篇剀切详明之说帖，乃以宫调谱韵出之，体格新奇，关系政俗得失，不虚作也。又有《代马诉冤》一套，亦见其牢郁之思。

【中吕】山坡羊·怀长沙次郭振卿韵

（以下均出《乐府群玉》）

西楼高处，东城佳处，梦魂长绕湘南路。锦鳞无，塞鸿疏，大都来只为虚名误。老未得闲心更苦。杯，谁共举；花，谁共主。

【中吕】山坡羊·侍牧庵先生西湖夜饮

微风不定，幽香成径，红云十里波千顷。绮罗馨，管弦清，兰舟直入空明镜。碧天夜凉秋月冷。天，湖外影；湖，天上景。

马九皋[①]

名里未详，张小山《乐府别集·新乐府卷》有“访九皋使君”，不知是此人否。

【双调】殿前欢

（六首录四，《阳春白雪》）

据危阑，看浮屠双耸倚高寒，鳞鳞万瓦连霄汉。俯视尘寰，望飞来紫翠间。云初散，放老眼情无限。知他是西山傲我，我傲西山。〔春〕

柳扶疏，玻璃万顷浸冰壶，流莺声里笙歌度。士女相呼，有丹青画不如。迷归路，又撑入荷深处。知他是西湖恋我，我恋西湖。〔夏〕

洞箫歌，问当年赤壁乐如何，比西湖画舫争些个。一样烟波，有吟人景便多。四海诗名播，于我谁酬和。知他是东坡让我，我让东坡。〔秋〕

捻冰髭，绕孤山枉了费寻思，自逋仙去后无高士。冷落幽姿，道梅花不要诗。休说推敲字，效杀颦难似。知他是西施笑我，我笑西施。〔冬〕

【双调】庆东原·西皋亭适兴

（四首录二,《太平乐府》）

晓雨登高骤，西风落帽羞，蟹肥时管甚黄花瘦。红裙谩怒，青樽有酒，白发无愁。晚节傲清霜，老圃香初透。

兴为催租败，欢因送酒来，酒醒时诗兴依然在。黄花又开，朱颜未衰，正好忘杯。管甚有监州，不可无螃蟹。

[注]

①薛昂夫，名薛超兀儿、薛超吾，回鹘人；汉姓马，字昂夫，号九皋，故亦称马昂夫、马九皋。——编者注

白　贲

字无咎。白斑子。官学士。

【正宫】黑漆弩

（一名鹦鹉曲，《阳春白雪》）

依家鹦鹉洲边住，是一个不识字渔父。浪花中一叶扁舟，睡煞江南烟雨。觉来时满眼青山暮，抖擞着绿蓑归去。算从前错怨天公，甚①也有安排我处。②

（此曲《阳春白雪》作无名氏，冯海粟有和韵三十九首，序谓此曲白无咎作，今姑从之。宋人小说，传苏小小《蝶恋花》云："妾本钱塘江上住，花落花开，不管流年度。燕子衔将春色去，纱窗几阵黄梅雨。斜插犀梳云半吐，檀板轻敲唱彻黄金缕，望断彩云无觅处。梦回明月生南浦。"《阳春白雪》录入大乐，知元时尚唱此词也。此词出《春渚纪闻》及《苕溪渔隐丛话》，字句略有不同。白仁甫作《钱塘梦》小说，用此词本意。）

【双调】百字折桂令

（《阳春白雪》）

弊裘尘土压征鞍，鞭倦袅芦花。弓剑萧萧，一径入烟霞。动羁怀西风木叶，秋水兼葭。千点万点，老树昏鸦，三行两行，写长空哑哑，雁落平沙。曲岸西边，近水湾鱼网纶竿钓槎，断桥东壁，傍溪山竹篱茅舍人家。满山满谷，红叶黄花，正是伤感凄凉时候，离人又在天涯。③

［注］

①冯海粟【黑漆弩】序云，“甚也有安排我处”，“甚”字必须去声字，“我”字必须上声字，音律始谐。不然不可歌。

②《雍熙乐府》“觉来时”无“时”字；《太和正音谱》“青山暮”无“暮”字，次句无“着”字，“算”作“想”。

③《乐府群玉》“满山”上有“见”字，“正是”下无“伤感”两字，如此方合百字。余处尚有数字不同，但无关宏旨，不如此本之善。

冯子振

字海粟，号怪怪道人。攸州[①]人。官承事郎，集贤待制。贯酸斋序《阳春白雪》谓冯海粟豪辣灏烂，不断古今心事。惜今海粟之曲传世寥寥，不见所谓豪辣灏烂，古今心事矣。【黑漆弩】数首稍有可采，殆非其至者。

【正宫】黑漆弩·和白无咎韵

（三十九首录六首，《太平乐府》）

白无咎有【鹦鹉曲】云云[②]，余壬寅岁留上京，有北京伶妇御园秀之属，相从风雪中，恨此曲无续之者。且谓前后多亲炙士大夫，拘于韵度，如第一个"父"字，便难下语；又"甚也有安排我处"，"甚"字必须去声字，"我"字必须上声字，音律始谐，不然不可歌，此一节又难下语。诸公举酒，索余和之，以汴、吴、上都、天京风景试续之。

重来京国多时住，恰做了白发伧父。十年枕上家山，负我湘烟潇雨。断回肠一首阳关，早晚马头南去。对吴山结个茅庵，画不尽西湖巧处。〔故园归计〕

沙鸥滩鹭离依住，镇日坐钓叟纶父。趁斜阳晒网收

竿，又是南风催雨。绿杨堤忘系孤桩，白浪打将船去。想明朝月落潮平，在掩映芦花深处。〔渔夫〕

春归不恋风光住，向老拙问讯槎父。叹匡山李白漂零，寂寞长安花雨。指沧溟铁网珊瑚[3]，袖卷钓竿西去。锦袍空醉墨淋漓，是万古声名响处。〔野客〕

茅庐诸葛亲曾住，早赚出抱膝梁父。笑谈间汉鼎三分，不记得南阳耕雨。叹西风卷尽豪华，往事大江东去。彻如今话说渔樵，算也是英雄了处。〔赤壁怀古〕

吴侬生长西湖住，舣画舫听棹歌父。苏堤万柳春残，曲院风荷番雨。草萋萋一道腰裙，软绿断桥斜去。[4]判兴亡说向林逋，醉梅屋梅梢偃处。〔忆西湖〕

长绳短系虚名住，倾浊酒好劝邻父。草亭前矮树当门，画出轻烟疏雨。看燕南陌上红尘，马耳北风吹去。[5]一年年月夜花朝，自占取溪山好处。[6]〔溪山小景〕

[注]

①今湖南攸县，清时属长沙府。——编者注

②白作见前，惟冯序中引此曲第二句无“一”字，第五句无“暮”字，第六句无“着”字。

③铁网珊瑚，《唐书·拂菻传》：“海中有珊瑚洲，海人乘

大舶，堕铁网水底。珊瑚初生磐石上，白如菌，一岁而黄，三岁赤，枝格交错，高三四尺。铁发其根，系网舶上，绞而出之。”后以喻搜罗珍奇之意。

④牛希济《生查子》：记得绿罗裙，处处怜芳草。

⑤李白诗：世上闻此皆掉头，有如东风吹马耳；陆游诗：一生不作牛衣泣，万事从渠马耳风。

⑥此首出《阳春白雪》。

白　朴

字仁甫。《录鬼簿》云，文举之子，真定人，号兰谷先生，赠嘉议大夫，掌礼仪院太卿。

【双调】驻马听

（四首，《阳春白雪》）

裂石穿云，玉管宜横清更洁。霜天沙漠，鹧鸪①风里欲②偏斜。凤凰台上暮云遮，梅花惊作黄昏雪。人静也，一声吹落江楼月。〔吹〕

雪调冰弦，十指纤纤温更柔。林莺山溜，夜深风雨落弦头。芦花岸上对兰舟，哀弦恰似愁③人消④瘦。泪盈眸，江州司马别离后。〔弹〕

白雪阳春，一曲西风几断肠。花朝月夜，个中唯有杜韦娘⑤。前声起彻绕危梁，后声并至银河上。韵悠扬，小楼一夜云来往。〔歌〕

凤髻蟠空，袅娜腰肢温更柔。轻移莲步⑥，汉宫飞燕旧风流。谩催鼍鼓品梁州，鹧鸪飞起春罗袖。锦缠头⑦，刘郎错认风前柳。〔舞〕

【仙吕】寄生草·饮

（《中原音韵》）

长醉后方何碍，不醒时有甚思。糟腌两个功名字，醅渰千古兴亡事，曲埋万丈虹霓志。不达时皆笑屈原非，但知音尽说陶潜是。（《尧山堂外纪》以为白朴；李调元《雨村曲话》归马致远。任讷云，李氏纯出臆定，更无所据。此词周德清《中原音韵》，取在定格四十首中之首列，评曰：命意、造语、下字俱好。最是“陶”字属阳音，若以渊明字则“渊”字唱作“元”字，有甚上去声。尽说去上声，更妙。任讷谓，近人论散曲推马致远《天净沙》一首为表率，实则用意平常，造语凝重，绝少疏放之致，尚不足以表见元曲大部分之精神。周氏于定格四十首中首标此词，按其气韵格律恰可为元曲令词之表率焉。）

【双调】德胜乐

（八首选一，《阳春白雪》）

红日晚，残霞在，秋水共长天一色。寒雁儿呀呀的天外，怎生不捎带个字儿来。

[注]

①许浑诗：南国多情多艳词，鹧鸪清怨绕梁飞。郑谷诗：离夜闻横笛，可堪吹鹧鸪。是鹧鸪，唐时曲名，《宋史·乐志》有《瑞鹧鸪》。

②“欲”字待校。

③“愁”字疑衍。

④“消”字应衍。

⑤《教坊记》有杜韦娘曲，刘禹锡为苏州刺史，李司空绅罢镇，慕刘禹锡名邀饮，命妓侑酒，刘于席上赋诗云：高髻云鬟宫样妆，春风一曲杜韦娘，司空见惯浑闲事，断尽苏州刺史肠。

⑥“莲步”原作“绕步”。

⑦杜甫诗：笑时花近眼，舞罢锦缠头。

郑德辉

【双调】蟾宫曲

半窗幽梦微茫，歌罢钱塘，赋罢高唐。风入罗帏，爽入疏棂，月照纱窗。缥缈见梨花淡妆，依稀闻兰麝余香。唤起思量，待不思量，怎不思量！

贯云石

畏吾人。阿里海涯孙也，父名贯只哥，遂以贯为氏，名小云石海涯，自号酸斋（贯酸斋学士名见钟《录》在前辈名公中）。任辑本《乐府群玉》诸家传略云，生而秀异，膂力绝大，与徐再思并以乐府称，有“酸甜乐府”之名。仁宗朝，拜翰林侍读学士，托疾辞去。卖药钱塘，诡名异服，人无识者。尝以诗易得渔父芦花被，自号芦花道人。泰定元年卒，年三十九，谥文靖。所作小令八十六首，套曲九套，见任辑本《酸甜乐府》。杨朝英淡斋选宋元词曲曰《阳春白雪》首载贯氏之序。

【双调】寿阳曲

（五首录一，《阳春白雪》）

新秋至，人乍别，顺长江水流残月。悠悠画船东去也，这思量起头儿一夜。

【南吕】金字经[①]

（七首录一，《阳春白雪》）

蛾眉能自惜，别离泪似倾，休唱阳关第四声。情，夜深愁寐醒。人孤另，萧萧月二更。

【中吕】红绣鞋

（四首录一，以下残元本《阳春白雪》）

挨着靠着云窗同坐，偎着抱着月枕双歌，听着数着愁着怕着早四更过。四更过情未足，情未足夜如梭。天那，更闰一更儿妨甚么。

【双调】殿前欢

（九首录一）

怕秋来，怕秋来，秋绪感秋怀。扫空阶落叶西风外。独立苍苔，看黄花谩自开。人安在，还不彻相思债。朝云暮雨，都变了梦里阳台。

【正宫】塞鸿秋·代人作

（二首录一）

战西风几点宾鸿至，感起我南朝千古伤心事[2]。展花笺欲写几句知心事，空教我停霜毫半晌无才思。往常得兴时，一扫无瑕疵。今日个病恹恹，刚写下两个相思字。

【双调】清江引·惜别

（四首录一，《太平乐府》）

若还与他相见时，道个真传示。不是不修书，不是无才思，绕清江买不得天样纸。（前三首亦可录。）

[注]

①此从《阳春白雪》，任本《小山乐府补集》中亦载此七首，云出《雍熙乐府》。

②吴彦高词《青衫湿》：南朝千古伤心地，还唱后庭花。旧时王谢，堂前燕子，飞入谁家？

徐再思

字德可。嘉兴路吏，好食饴，故号甜斋，与贯云石酸斋齐名，世号“酸甜乐府”。涵虚子评其词如桂林秋月。《太平乐府》载其小令有九十九首之多，任讷有《酸甜乐府》辑本，徐作得小令百零三首，四首录自《乐府群玉》也。

【双调】蟾宫曲·春情

（即折桂令，以下均出《太平乐府》）

平生不会相思，才会相思，便害相思。身似浮云，心如飞絮，气若游丝。空一缕余香在此，盼千金游子何之。证候[①]来时，正是何时。灯半昏时，月半明时。

【双调】水仙子·夜雨

一声梧叶一声秋，一点芭蕉[②]一点愁，三更归梦三更后。落灯花棋未收，叹新丰[③]孤馆人留。枕上十年事，江南二老忧，都到心头。

【双调】水仙子·红指甲

落花飞上笋牙尖，宫叶犹将冰箸粘，抵牙关越显得樱唇艳。怕伤春不卷帘，捧菱花香印妆奁。雪藕丝霞十缕，镂枣斑血半点，掐刘郎春在纤纤。

【双调】水仙子·惠山泉

自天飞下九龙涎，走地流为一股泉，带风吹作千寻练。问山僧不记年，任松梢鹤避青烟。湿云亭上，涵碧洞前，自采茶煎。

【中吕】卖花声

（四首，一名升平乐）

雪儿娇小歌金缕，老子婆娑倒玉壶，满身花影倩人扶。昨宵不记，雕鞍归去，问今朝酒醒何处。

碧桃红杏桃源路，绿水青山水墨图，杖头挑着酒胡芦。行行觑着，山童分付，问前村酒家何处。

红罗佩吐狮头玉，碧珥香衔凤口珠，风流相遇恨须臾。梨花淡月，楼台如故，教吹箫玉人何处。

云深不见南来羽，水远难寻北去鱼，两年不寄半行书。危楼目断，云山无数，望天涯故人何处。

【双调】清江引·苕溪

驼凤两桥分燕尾，人物风流地。白云四面山，明月双溪水，身在董元图画里。

【中吕】红绣鞋·半月泉

凿透林间山溜，平分天上中秋，菱花分破印寒流。沁梅疏影缺，攀桂片云愁，待团圆掬在手。

【中吕】朝天子·西湖

（一名谒金门）

里湖，外湖，无处是无春处。真山真水真画图，一片玲珑玉。宜酒宜诗，宜晴宜雨。销金窝，锦绣窟，老苏，老逋，杨柳堤梅花墓。

【中吕】朝天子·手帕

酒痕，泪痕，半带着胭脂润。鲛渊一片玉霄云，缕缕东风恨。待写回文，敷陈方寸，怕莺花，说与春。使人，赠君，寄风月平安信。

【中吕】朝天子·常山江行

远山，近山，一片青无间。逆流诉上乱石滩，险似连云栈。落日昏鸦，西风归雁，叹崎岖，途路难。得闲，且闲，何处无鱼羹饭。

【中吕】朝天子·杨姬

艳冶，唱彻，金缕歌全阕。秋娘身价有谁轶，曾奉黄金阙。歌扇生春，舞裙回雪，不风流，不醉也。舞者，唱者，一曲秦楼月。

[注]

①《红楼梦》第十回张太医诊秦可卿脉云，据我看这脉当有过些证候才对。

②“留得芭蕉听雨声”，张说《戏题草树》诗：戏问芭蕉叶，何愁心不开。杜牧《咏雨》诗：一夜不眠孤客耳，主人窗外有芭蕉。陆游诗：芭蕉绿润偏宜墨，试就明窗学草书。李商隐诗：芭蕉不展丁香结，同向春风各自愁。

③《三辅旧事》：太上皇不乐关中，思慕乡里，高祖徙新丰沛屠儿沽酒煮饼商人，立为新丰。故城在今陕西省临潼县东。

乔 吉

《录鬼簿》云乔吉（一作乔吉甫），字梦符，太原人，号笙鹤翁，又号惺惺道人。美容仪，能词章，以威严自饬，人敬畏之。居杭州太乙宫前，有题西湖【梧叶儿】百篇，名公为之序。江湖间四十年欲刊所作，竟无成事者。至正五年二月，病卒于家。任讷云，乔氏集在元代名“惺惺道人乐府”，《乐府群玉》即据以选录，明代失传。李开先辑《乔梦符小令》一种；另有明无名氏辑《文湖州集词》一种。兹以《群玉》所选为本，以余二种补足之，成《梦符散曲》三卷。《涵虚子论曲》谓其词如神鳌鼓浪；李开先以乔梦符、张小山为曲中李杜；王骥德谓，李则实甫，杜则东篱，乔、张盖长吉、义山之流。任云，李盖单以散曲言，王则兼谓戏曲耳。乔、张之别，在梦符能熔铸俗语，以成俊爽之词；小山善挹唐诗宋词，可谓尽雅。

【双调】折桂令·赠罗真真、高敬臣、胡善甫席上赋

（以下《惺惺道人乐府》）

罗浮梦①里真仙，双锁螺鬟，九晕珠钿②。晴柳纤

柔，春葱细腻，秋藕匀圆。酒盏儿里央及出些腼腆，画帧儿上唤下来的婵娟[3]。试问尊前，月落参横，今夕何年。

【双调】折桂令·富子明寿

梨花院羯鼓挝晴，恰暮雨黄昏、新火清明。歌倚缑笙，香温汉鼎，酒暖吴橙。贺绿鬓朱颜寿星，是轻衫矮帽书生。趁取鹏程，快意风云，唾手功名。

【双调】折桂令·秋思

红梨叶染胭脂，吹起霞绡，绊住霜枝。正万里西风，一天暮雨，两地相思。恨薄命佳人在此，问雕鞍游子何之。雁未来时，流水无情，莫写新诗。

【双调】折桂令·问春

东君去也如何，风皱纤鳞，烟抹羞娥。恨白眼相看，青春不管，黑发无多。香絮引鱼吞绿波，落花惊蝶梦南柯。随处行窝，载酒吴船，击筑秦歌。

【双调】水仙子·廉香林南园即事

山中富贵相公衙，江左风流学士家，壁间水墨名人画。六一泉阳羡茶，书斋打簇得繁华。玉龙笔架，铜雀砚瓦[4]，金凤笺花。

【双调】水仙子·赠姑苏朱阿娇会玉真李氏楼

合欢髻子楚云松，斗巧眉儿翠黛浓，柔荑指怯金杯重。玉亭亭鞋半弓，听骊珠一串玲珑。歌触的心情动，酒潮的脸晕红，笑堆着满面春风。

【双调】水仙子·若川秋夕闻砧

谁家练杵动秋庭，那岸窗纱闪夜灯，异乡丝鬓明朝镜。又多添几处星，露华零梧叶无声。金谷园中梦，玉门关外情，凉月三更。

【双调】水仙子·凉夜清兴

云绡蒙影镜谁呵，露粟吹香金碎挼，醉来起[5]我成三个。是清风明月我，问桂花良夜如何。饮不辞玻璃盏大，睡不厌琉璃簟阔，梦不到蝼蚁南柯。

【双调】水仙子·怨风情

眼中花怎得接连枝，眉上锁新教配钥匙，描笔儿勾销了伤春事。闷葫芦绞断线儿，锦鸳鸯别对了个雄雌。野蜂儿难寻觅，蝎虎儿干害死，蚕蛹儿别罢了相思。

【双调】水仙子·重观瀑布

天机织罢月梭闲，石壁高垂雪练寒，冰丝带雨悬霄汉。几千年晒未干，露华凉人怯衣单。似白虹饮涧，玉龙下山，晴雪飞滩。

【双调】水仙子·咏雪

冷无香柳絮扑将来，冻成片梨花拂不开，大灰泥漫了三千界。银棱了东大海，探梅的心噤难挺。面瓮儿里袁安舍，盐罐儿里党尉宅，粉缸儿里舞榭歌台。⑥

【越调】小桃红·闺思

日高犹自睡沉沉，梦绕鸳鸯枕。不是闲愁厮拘禁，恋香衾，东风落尽西园锦。知他为甚，情怀陡恁。懒却惜花心。

【越调】小桃红·晓妆

绀云分翠拢香丝，玉线界宫鸦翅。露冷蔷薇晓初试，淡匀脂，金篦腻点兰烟纸。含娇意思，殢人须是，亲手画眉儿。

【双调】郓城春·青天九楼山舟中作

（即庆东原，《文湖州集词》）

渺渺山头路，鳞鳞山上田，绕篷窗六曲屏风面。似丹青辋川，是神仙洞天，隔云树人烟，试看玉溪边，恐有桃花片。

【中吕】朝天子·歌者簪山橘

（以下出《乔梦符小令》）

锦囊，未黄，宜荐秋风酿。何须一夜洞庭霜，好先试销金帐。豆寇梢头，丁香枝上，蘸吴姬指甲凉。剖将，试尝，止爱些酸模样。

【中吕】朝天子·小娃琵琶

暖烘，醉容，逼匝的芳心动。雏莺声在小帘栊，唤醒花前梦。指甲纤柔，眉儿轻纵，和相思曲未终。玉葱，翠峰，娇怯煞琵琶重。

【越调】天净沙

莺莺燕燕春春，花花柳柳真真，事事风风韵韵。娇娇嫩嫩，停停当当人人。

［注］

①殷尧藩送刘禹锡侍御出刺连州诗：梅花清入罗浮梦，荔子红分广海程。

②钿，平声先韵，去声霰韵。金华也。《广韵》一先钿、金花，霰韵。钿，宝钿以宝饰器。又音田，王嘉《拾遗记》：魏明帝宫人云，不服辟寒钿，那得君王怜。是汉魏间有此名。徐陵《玉台新咏序》："反插金钿，横抽宝树。"王建《寻橦歌》："重梳短髻下金钿。"钿，谓妇人首饰嵌金花者之称。又《酉阳杂俎》："近代妆尚靥，如射月，曰黄星靥。靥，钿之名,盖自吴孙和邓夫人也。"今观敦煌所出唐画，女子额上多贴花靥，此即靥钿也，与头上所插戴之钿钗又是一义。九钿，则《隋书·礼仪志》：三妃服褕翟之衣，首饰花九钿；九嫔服阙翟之衣，首饰花八钿；婕妤七钿；美人、才人六钿；宝林，五钿。

③《松窗杂记》："唐进士赵颜于画工处得一软障，图一妇人甚丽，颜谓画工曰："世无其人也，如可令生，余愿纳为妻。"画工曰："余神画也，此亦有名曰真真，呼其名百日，昼夜不歇，必应。应则以百家彩灰酒灌之，必活。"颜如言呼之，果应。急依言灌酒，果活。步下，言笑如常。终岁，生一儿。二岁，友人曰："此妖也，余有神剑，可斩之。"因遗颜以剑。剑及室，真真曰："妾，南岳仙也。今疑妾，不可住。"言讫，携其子却上软障，呕出酒。睹其障，惟添一孩，仍是旧图焉。

④铜雀砚瓦，《苕溪渔隐丛话》：铜雀台瓦砚以古物而见贵

于世，瓦颇有青色，其内平莹，厚有及寸许者，多印工人姓氏，皆八分隶书也。余怀《砚林》：相州古邺都，魏武铜雀台在其处，瓦绝大，王文叔得其一以饷黄鲁直，东坡为作铭者。先公自燕还，亦得二砚，大者背有隐起六隶字，曰“建安十五年造”。又，砚之佳者曰端砚。广东高要县东南烂柯山西麓端溪边石可制砚，唐宋时即已采砚于此。

⑤任云，“起”疑是“连”字之误。今按，“起”字是。

⑥袁安雪中高卧（后汉）。党太尉羊羔美酒，销金帐里赏雪；陶榖雪水烹茶（皆五代北宋初人）。

张可久

字小山，庆元[1]人。以路吏转首领官。其所作曲有《今乐府》《苏堤渔唱》《吴盐》等集盛行于世。任云，一作张伯远，字可久，号小山，今传世曲集多种，以《张小山北曲联乐府》三卷、外集一卷最备。任校本《小山乐府》六卷，仍分诸集，存小令七百五十一首，散套七套，散曲中之最富者也。小山不作剧曲，为散曲专家，善能酌取诗词境入曲，自成潇洒清丽一派。《涵虚子论曲》谓其词如瑶天笙鹤，又谓其词清而且丽，华而不艳，有不吃烟火食气，真可谓不羁之才，若被太华之仙风，招蓬莱之海月，诚词林之宗匠也。任云向与乔吉并称，犹诗中之李杜。王骥德《曲律》云，李中麓开先序《元乔梦符张小山二家小令》以方唐之李杜，夫李则实甫，杜则东篱始当，乔、张盖长吉、义山之流。任二北云，李盖单以散曲言，王则兼谓戏曲耳。

【黄钟】人月圆[2]·春日湖上

（二首）

东风西子湖边路，白发强寻春。尽教年少，金鞭俊影，罗帕香尘。蹇驴破帽，荒池废苑，流水闲云。恼余归思，花前燕子，墙里佳人。

小楼还被青山碍，隔断楚天遥。昨宵入梦，那人如玉，何处吹箫。门前朝暮，无情秋月，有信春潮。看看憔悴，飞花心事，残柳眉梢。

【双调】水仙子·秋思

（二首）

天边白雁写寒云，镜里青鸾瘦玉人。秋风昨夜愁成阵，思君不见君，缓歌独自开樽。灯挑尽，酒半醺，如此黄昏。

海风吹梦破衡茅，山月勾吟挂柳梢。百年风月供谈笑，可怜人易老，乐陶陶尘世飘飘。醉白酒，眠牛背，对黄花持蟹螯，散诞逍遥。

【双调】水仙子·红指甲

玉纤弹泪血痕封，丹髓调酥鹤顶浓。金炉拨火香云动，风流千万种，捻胭脂娇晕重重。拂海棠梢头露，按桃花扇底风，托香腮数点残红。

【双调】折桂令·九日

对青山强整乌纱，归雁横秋，倦客思家。翠袖殷勤，金杯错落，玉手琵琶。人老去西风白发，蝶愁来明日黄花[③]。回首天涯，一抹斜阳，数点寒鸦。

【双调】折桂令·读史有感

（二首）

剑空弹月下高歌，说到知音，自古无多。白发萧疏，青灯寂寞，老子婆娑[④]。故纸上前贤坎坷，醉乡中壮士磨跎。富贵由他，谩想廉颇，谁效萧何。

沧浪可以濯缨，叹千里风波[⑤]，两鬓星星。遁迹林泉，甘心畎亩，罢念功名。青门外芸瓜邵平，白云边垂钓严陵。[⑥]潮落沙汀，月转林坰，午醉方醒。

【中吕】满庭芳·山中杂兴

人生可怜，流光一瞬，华表千年。江山好处追游遍，古意翛然。琵琶恨青衫乐天，洞箫寒赤壁坡仙。村酒好溪鱼贱，芙蓉岸边，醉上钓鱼船。

风波几场，急疏利锁，顿解名缰。故园老树应无恙，梦绕沧浪。伴赤松归欤子房，赋寒梅瘦却何郎。溪桥上，东风暗香，浮动月昏黄。

次韵

寻思几般，围腰玉瘦，约腕金宽。怕春归又是春将半，信杳青鸾。赋离恨花笺短短，散清愁柳絮漫漫。阑干畔，芳枝绿满，梅子替心酸。

相思故人，钗分恨股，粉印娇痕。数归期屈得春纤困，两地销魂。楼外青山隐隐，花前红雨纷纷。天涯近，回头楚云，新月破黄昏。

【越调】寨儿令·西湖秋夜

九里松，二高峰，破白云一声烟寺钟。花外嘶骢，柳下吟篷，笑语散西东。举头夜色濛濛，赏心归兴匆匆。青山衔好月，丹桂吐香风。中，人在广寒宫。

【越调】寨儿令·春思

（二首录一）

喜又惊，笑相迎，倚湖山露华罗袖冷。谁惯私行，怕负深盟，偷步锦香亭。寻寻觅觅风声，潜潜等等芳情。粉墙边花弄影，朱帘下月笼明。轻，吹灭短檠灯。

【双调】殿前欢

月笼沙，十年心事付琵琶。相思懒看帏屏画，人在天涯。春残豆蔻花[7]，情寄鸳鸯帕，香冷荼蘼架。旧游台榭，晓梦窗纱。（任二北云，此雅丽中之浑成者。）

【双调】清江引·幽居

红尘是非不到我，茅屋秋风破。山村小过活，老砚闲工课。疏篱外，玉梅三四朵。

【双调】清江引·秋怀

西风信来家万里，问我归期未。雁啼红叶天，人醉黄花地，芭蕉雨声秋梦里。

【越调】小桃红·赠琵琶妓王氏

舞腰回雪脸舒霞，席上人如画。压柳欺梅旧声价，弄琵琶，风流不似明妃嫁。金樽翠斝，玉纤罗帕，同醉凤城花。

【越调】朝天子·山中杂书

（三首）

罢手，去休，已落在渊明后。百年心事付沙鸥，更谁是忘机友。洞口渔舟，桥边村酒，这清闲何处有。树头，锦鸠，花外啼春昼。

夜长，未央，盼杀鸡三唱。东华听漏满靴霜，却笑渊明强。月朗禅床，风清鹤帐，梦不到名利场。草堂，暗香，春已到梅梢上。

醉馀，草书，李愿盘谷序。青山一片范宽图，怪我来何暮。鹤骨清癯，蜗壳蘧庐，得安闲心自足。蹇驴酒壶，风雪梅花路。

【南吕】金字经

惜花人何处，落红春又残，倚遍危楼十二阑。弹，泪痕罗袖斑。江南岸，夕阳山外山。

（以上出《今乐府》）

【正宫】小梁州·春游晚归

玉壶春水浸晴霞，景物奢华。彩船歌管间琵琶，青旗挂，沽酒是谁家。夕阳一带山如画，数投林万点寒鸦。曲水边，孤山下，游人归去，明月管梅花。

【正宫】小梁州·避暑即事

两峰晴翠插波光，十里横塘。画楼帘影挂斜阳，谁凝望，纨扇掩红妆。莲舟撑入荷花荡，拂天风两袖清香。酒醉归，月明上，棹歌齐唱，惊起锦鸳鸯。

【正宫】汉东山·失题

骑鲸沧海波，高枕白云窝。人生梦南柯，睡觉来也末哥，积玉堆金待如何。田地阔，儿女多，惹争夺。

西村小过活，老子自婆娑。千家饭一钵，饱了人也末哥，紫绶金章闹呵呵。不如我，芳草坡，钓鱼蓑。

绿袍翻败荷，醉后自磨跎。市上小儿多，要钱也末哥，暮四朝三笑呵呵。蓝采和，没奈何，假风魔。

红妆间翠娥，罗绮列笙歌。重重金玉多，受用也末哥，二鬼无常上门呵。怎地躲，索共他，见阎罗。

香风瑞锦窠，凉月素银波。兰舟夜如何？晚凉也末哥，万顷湖光镜新磨。小玉娥，隔翠荷，采莲歌。

黄沙白橐驼，玉勒紫金珂[8]。一簇小宫娥，送了他也末哥，马上琵琶为谁拨。到黑河，将奈何，泪痕多。

霓裳舞月娥，野鹿起干戈。百年长恨歌，闹了也末哥，万马千军早屯合。走不脱，那一埚，马嵬坡。

烟花暗绮罗，车马斗鸣珂。樽前皓齿歌，醉杀人也末哥，闭月羞花赛姮娥。那老婆，送了他，郑元和。

神仙张志和，一棹鼓沧波。中流扣舷歌，快活也末哥，社酒新刍[9]鳜鱼活。湖海阔，烟雨多，暗渔蓑。

《黄庭》换白鹅，夜冷饭牛歌。湖上月明多，受用也末哥，纸帐梅花病维摩。奈老何，学坐钵，做工课。

（以上出《苏堤渔唱》）

【双调】折桂令·晚春送别

借旗亭仙子逢迎，舞态飞琼，歌韵流莺。红线幽欢，乌丝小字，金缕新声。留过客江山有灵，废残春风雨无情。花落闲庭，柳暗空城。今夜离别，后日清明。

【中吕】满庭芳·春晚梅友元帅席上

知音到此，舞雩点也，修禊羲之。海棠春已无多事，雨洗胭脂。谁感慨兰亭故纸，自沉吟罗扇新词。[10]急管催银字，哀弦玉指，忙过赏花时。（《中原》评曰：此一词但取其平仄庶几，若“此”字是平声，属第二著；喜“羲”字属阴，妙！可惜第四第五句上下失黏。妙在“纸”字上声起音，“扇”字去声取务头。若是“纸”字取平声，属第二著。“扇”字上声止可作【折桂令】中一对。多了“急管”二字，不成调。得一意结之方好。吁，今之乐府，难而又难，为格之词不多见也。）

【中吕】满庭芳·春日闺思

铅华泪洗，金荷烬冷，银蒜帘垂。话离愁柳外流莺替，念我孤凄。江树春云野水，梨花暮雨寒食。诗中意，今春未归，甘不过燕双飞。

【中吕】普天乐·秋怀

为谁忙，莫非命。西风驿马，落月书灯。青天蜀道难，红叶吴江冷。两字功名频看镜，不饶人白发星星。

钓鱼子陵，思莼季鹰，笑我飘零。

【双调】清江引·春思

黄莺乱啼门外柳，雨细清明后。能消几日春，又是相思瘦，梨花小窗人病酒。

【仙吕】一半儿·秋日宫词[11]

花边娇月静妆楼，叶底沧波冷翠沟，池上好风闲御舟。可怜秋，一半儿芙蓉，一半儿柳。

【仙吕】一半儿·野桥酬耿子春

海棠香雨污吟袍，薜荔空墙闲酒瓢。杨柳晓风凉野桥。[12]放诗豪，一半儿行书，一半儿草。

【正宫】小梁州·秋思酸斋索赋

鸳鸯飞起藕花洲，碧水明秋。玉人天际认归舟，秋来后，憔悴见花羞。黄昏又是愁时候，柳梢头新月如钩。成间阔，添消瘦，新书裁就，一雁过妆楼。

【正宫】小梁州·郊行即事

小桥流水落红香，两两鸳鸯。当炉艳粉倚明妆，深深巷，酒旆绿垂杨。新诗欲写东墙上，奈桃花未识刘郎。乘兴来，回头望，眼波微溜，还许谪仙狂。

（以上出《吴盐》）

【双调】湘妃怨·怀古

秋风远塞皂雕旗，明月高台金凤杯。红妆肯为苍生计，女妖娆能有几，两蛾眉千古光辉。汉和番昭君去，越吞吴西子归，战马空肥。

【双调】折桂令·紫微楼上右平章索赋

镇钱塘太乙勾陈，玉柱擎天，绣衮生春。潮点鹅毛，山盟凤尾，瓦甃鱼鳞。近北斗三天紫宸，拂危栏两袖白云。可摘星辰，谁信蟾宫，着我闲身。

（以上出《外集》）

【商调】梧叶儿·次韵

（《北词广正谱》归徐再思）

鸳鸯浦，鹦鹉洲，竹叶小渔舟。烟中树，山外楼，水边鸥，扇面儿潇湘暮秋。（任二北云，通体全是静字，无一动词，雅则雅矣，乃过于含而不吐，可算全无曲之妙处。）

（以上出任本《小山乐府·补集》）

【越调】小桃红

几场秋雨老黄花，不管离人怕。一曲哀弦泪双下，放琵琶，挑灯羞看围屏画。声悲玉马，愁新罗帕，恨不到天涯。

[注]

①庆元路，元置，治今鄞县。——编者注

②此与词调同，《小山乐府》有人月圆、秦楼月二调。

③苏轼诗：相逢不用忙归去，明日黄花蝶也愁。又词云：万事到头都是梦，休休，明日黄花蝶也愁。

④郭璞《客傲》：庄周偃蹇于漆园，老莱婆娑于林窟。

⑤“风波”原作“波波”，据意改。

⑥阮籍《咏怀》诗：昔闻东陵瓜，近在青门外。

⑦杜牧《赠别》诗：娉娉袅袅十三余，豆蔻梢头二月初。春风十里扬州路，卷上珠帘总不如。

⑧珂，马勒饰。

⑨篘，楚鸠切，初尤切。

⑩《中原音韵》“故纸”作“古纸”，“罗扇”作“桃扇”。

⑪朱彝尊《日下旧闻》云：武宗尝于中秋夜与诸嫔妃泛舟禁苑太液池中，开宴张乐，令宫女披罗曳縠，前为八展舞，歌可久【一半儿】词云（即是词），极欢而罢。

⑫《北词广正谱》《九宫大成谱》作“晓风杨柳赤栏桥”。

曹明善

衢州路吏，钟继先称其乐府华丽自然，不在小山之下。其【清江引】二首赋长门柳刺伯颜者。《乐府群玉》录小令十十八首。

【中吕】喜春来·和则明韵

（三首录二）（以下均出《乐府群玉》）

春云巧似山翁帽，古柳横为独木桥。风微尘软落红飘，沙岸好，草色上罗袍。

春来南国花如绣，雨过西湖水似油。小瀛洲外小红楼，人病酒，料自下帘钩。

（任则明乐府见《群玉》。）

【双调】三棒鼓声频·题渊明醉归图

先生醉也，童子扶着。有诗便写，无酒重赊。山声野调欲唱些，俗事休说。问青天借得松间月，陪伴今夜。长安此时春梦热，多少豪杰。明朝镜中头似雪，乌帽难遮。星般大县儿难弃舍，晚入庐山社。比及眉未攒，腰曾折，迟了也，去官陶靖节。

【双调】庆东原·江头即事

（三首录一）

低茆舍，卖酒家，客来旋把朱帘挂。长天落霞，方池睡鸭，老树昏鸦。几句杜陵诗，一幅王维画。

【双调】清江引·失题

长门柳丝千万结，风起花如雪。离别复离别，攀折更攀折，苦无多旧时枝叶也。①（《李邺侯家传》云，泌赋诗讥杨国忠曰："青青东门柳，岁宴复憔悴。"国忠诉于明皇。上曰："赋柳为讥卿，则赋李为讥朕，可乎？"）

长门柳丝千万缕，总是伤心树。行人折嫩条，燕子衔轻絮，都不由凤城春做主。②

[注]

①《尧山堂外纪》"复"作"重"，"更"作"复"，无"也"字。

②《外纪》"树"作"处"，"嫩"作"柔"，"轻"作"芳"。

王 晔

字日华，杭州人。《录鬼簿》云，体丰肥而善滑稽，能词章乐府。有与朱士凯题《双渐小卿问答》，人多称赏。今《乐府群玉》存《黄肇退状》至《议拟》，凡十六首。

【双调】天香引·问苏卿

俏排场惯见曾经，自古惺惺，爱惜惺惺。燕友莺朋，花阴柳影，海誓山盟。那一个坚心志诚？那一个薄幸杂情？则问苏卿，是爱冯魁，是爱双生？

答

平生恨落风尘，虚度年华，减尽精神。月枕云窗，锦衾绣褥，柳户花门。一个将百十引江茶问肯，一个将数十联诗句求亲。心事纷纭，待嫁了茶商，怕误了诗人。

【双调】凤引雏·再问

小苏卿，言词不实诚。江茶诗句相兼并，那件著情。休胡芦提二面应，相傒倖，端的接谁红定。休教勘问，便索招承。

答

满怀冤，被冯魁掩扑了丽春园。江茶万引谁情愿，听妾明言。多情小解元，休埋怨，俺违不过亲娘面。一时间不是，误走上茶船。

【双调】凌波仙·驳

明明的退佃丽春园，暗暗的开除了双解元。[①]䃁可可[②]说下神仙愿，却原来都是骗。再谁听甜句儿留连，同他行坐，和他过遣，怎做的误走上茶船。

招

书生俊俏却无钱，茶客村虔倒有缘。孔方兄教得俺心窑变，胡芦提过遣。如今是走上茶船，拜辞了呆黄肇，上复那双解元，休怪俺不赴临川。

[注]

①钟丑斋【清江引】，道人淡然心似灰，酒色俱无意，绝交鹦鹉杯，退佃鸳鸯被，早寻个稳便处闲坐地。

②“䃁可可”原作“惨可可”，任讷校改。

卷二　明小令

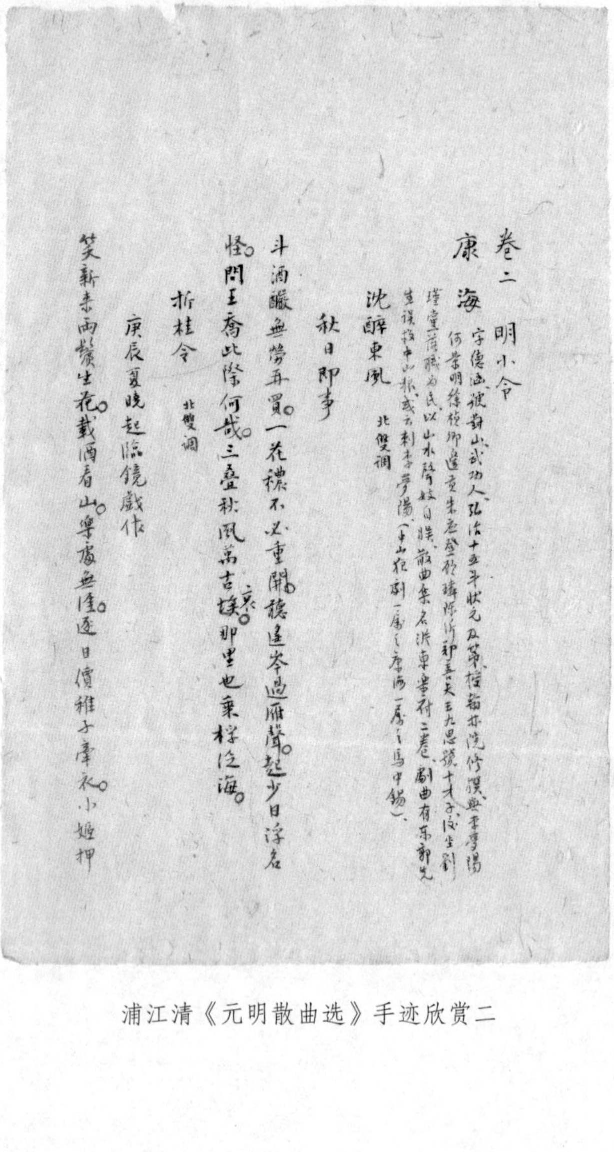
卷二　明小令

康海　字德涵，號對山，武功人。弘治十五年狀元及第，授翰林院修撰。與李夢陽、何景明、徐禎卿、邊貢、朱應登、顧璘、陳沂、鄭善夫、王九思號十才子。後坐劉瑾黨，落職為民，以山水聲妓自娛。散曲集名沜東樂府二卷。劇曲有東郭先生誤救中山狼，或云刺李夢陽。（中山狼劇一本〻康海一本〻馬中錫）。

沈醉東風　北雙調

秋日即事

斗酒醼無勞再買。一花襪不必重開。聽遠岑過雁聲。起少日浮名怪。問王喬此際何哉。三疊秋風萬古哀。那里也乘桴泛海。

折桂令　北雙調

庚辰夏晚起臨鏡戲作

笑新來兩鬢生花。載酒看山。樂處無涯。逐日價稚子牽衣。小姬押

浦江清《元明散曲选》手迹欣赏二

康　海

字德涵，号对山，武功人。弘治十五年状元及第，授翰林院修撰。与李梦阳、何景明、徐祯卿、边贡、朱应登、顾璘、陈沂、郑善夫、王九思号“十才子”。后坐刘瑾党落职为民，以山水声妓自娱。散曲集名《沜东乐府》二卷，剧曲有《东郭先生误救中山狼》，或云刺李梦阳（《中山狼》剧一属之康海，一属之马中锡）。

【北双调】沉醉东风·秋日即事

斗酒酽无劳再买，一花秾不必重开。听遥岑过雁声，起少日浮名怪。问王乔此际何哉，三叠秋风万古哀，那里也乘桴泛海。

【北双调】折桂令·庚辰夏晓起临镜戏作

笑新来两鬓生花，载酒看山，乐处无涯。逐日价稚子牵衣，小姬押酒，老妪烹茶。有的是雪案间惯相陪的壶觞尊斝，又无甚仕途中歪厮攘的恐惧波查。这样欢洽，到底堪夸。黑也由他，白也由他。

【北仙吕】寄生草·读史有感

天应醉，地岂迷。青霄白日风雷厉，昌时盛世奸谀蔽，忠臣孝子难存立。朱云未斩佞人头，祢衡休使英雄气。

千株柳，二顷田。疏狂果遂男儿愿，功名怕入麒麟殿。糟糠且耐这穷酸面，披头跣足有余欢，吟风弄月情何倦。

【北双调】雁儿落带过得胜令·饮中闲咏

典春衣向酒家，道处士新乘暇。唤双娥浅浅斟，肯数盏轻轻罢。我本是会受用的老贤达，往常时甘趁哄些浪波查。今日个好景佳无限，明日个今朝再有么。歌咱，快与我把银筝架。从他，笑先生旧病儿发。

数年前也放狂，这几日全无况。闲中件件思，暗里般般量。真个是不精不细丑行藏，怪不得没头没脑受灾殃。从今后花底朝朝醉，人间事事忘。刚方，奚落了膺和滂。荒唐，周全了籍与康。

（对山南曲小令【醉罗歌】《赏牡丹》四首，【四块金】《饮中漫兴》，【月儿云】《题情》皆可选，今略。）

王九思

字敬夫，号渼陂，鄠人。弘治九年进士，由庶吉士授检讨，寻调吏部郎中。坐刘瑾党谪寿州同知，复被论劾致仕。与康海相聚浒东鄠杜间，挟声伎酣饮制曲。有《杜子美沽酒游春》杂剧，据云刺时相李西涯者。有《渼陂集》《续集》十九卷。散曲有《碧山乐府》一卷，《拾遗》一卷，《碧山续稿》一卷，有小令百数十首、套数十数首。

【北双调】水仙子

紫泥封不要淡文章，白糯酒偏宜小肚肠。碧山翁有甚高名望，也只是乐升平不妄想。听濯缨一曲沧浪，瞻北阙，心还壮。对南山，兴转狂，地久天长。

【南南吕】梁州序·春夜

（以下均南曲，见《南宫词纪》）

辘轳声歇，秋千人静，夜把阑干闲凭。东风犹峭，罗衣顿觉寒生。只见纱窗低掩，皓月西流，转过梨花影。云鬟香雾湿，宝钗横。忽听得娇娃语笑声，悄悄问，低低应。向危楼共指三星证，春似海，可乘兴。

【南仙吕】二犯傍妆台·四时怨

幽阁百花浓，银床冰簟绣芙蓉。翠翘欹雀云撩乱，水晶双枕堕钗横。青楼朱箔天涯远，隔断巫山几万重。画廊人静，难禁午风，飞红冉冉度帘栊。

含笑捧金钟，步摇金珮响玲珑。别来蕙帐余清夜，银釭花落几番红。身无彩凤双飞翼，何处桃源有路通。绿阴庭院，何时再逢，玉箫吹彻月朦胧。

不睡数流萤，乳鸦啼散玉屏空。舞衫清露凉金缕，层楼十二与谁同。彩毫欲写离情寄，羞缄鸾笺托雁鸿。更阑香尽，朱户懒扃，秋声何处响梧桐。

那日画楼东，朱门曾系五花骢。醉醒锦袖笼香晚，茗瓯翻雪小房栊。风流回首成陈迹，愁对寒山数点峰。阑干倚遍，相思转浓，梅花枝上雪初融。

【南商调】黄莺儿·春日睡起

春梦绕城西，猛警回，莺乱啼。开门满眼残红坠。叹貂裘远离，拂花笺懒题，这相思万种凭谁寄。恨难移，倚楼遥望，云淡草萋萋。

（渼陂尚有【四块金】《和对山韵》可选，亦见《南宫词纪》。）

王　磐

字鸿渐，高邮人，号西楼。《尧山堂外纪》："王磐生富室，独厌绮丽之习，雅好古文词。家于城西，有楼三楹，日与名流谈咏其间，因号西楼。"有《西楼乐府》。工题赠，善谐谑，与金陵陈大声并为南曲之冠，诗律流丽，有《西楼集》（《康熙扬州志》），又有《野菜谱》，并缀以词，雅俗相杂（徐㶿《笔精》）。磐同时有济南人王田者，字舜耕，亦号西楼，亦工散曲，论曲者往往混二人为一。

磐为明成化弘治年间人。

【北中吕】满庭芳·失鸡

平生淡薄。鸡儿不见，童子休焦。家家都有闲锅灶，任意烹炝。煮汤的贴他三枚火烧，穿炒的助他一把胡椒，倒省了我开东道。免终朝报晓，直睡到日头高。

【北正宫】脱布衫过小梁州·秋夜同陆秋水湖上泛舟

画船儿满载诗豪，问先生何处游遨。水晶宫中闻品箫，广寒乡尽回头棹。[1]分付鱼龙稳睡着，等闲间休放波涛，老夫今夜弄风骚。搜诗料，翻动水云巢。一天星斗都颠倒，爱银蟾水底光摇。我这里用手捞，不觉的翻水落。也是俺形神俱妙，飞上紫金鳌。

【北中吕】朝天子·咏喇叭

喇叭，唢呐，曲儿小腔儿大。官船来往乱如麻，全仗你抬身价。军听了军愁，民听了民怕，那里去辨甚么真共假。眼见的吹翻了这家，吹伤了那家，只吹的水尽鹅飞罢。

【北中吕】朝天子·瓶杏为鼠所啮

斜插，杏花，当一幅横披画。毛诗中谁道鼠无牙，却怎生咬倒了金瓶架。水流向床头，春拖在墙下。这情理宁甘罢，那里去告他，何处去诉他，也只索细数着猫儿骂。

［注］

①四句是【脱布衫】下两叠为【小梁州】。

沈仕

字懋学，一字子登，号青门山人，又号迷花浪仙，仁和人，少司寇沈锐之子。绝意仕进，多蓄法书名画，善画鸟，入妙品，又工词曲，以清丽胜，散曲集曰《唾窗绒》。清雍正间厉樊榭鹗尚跋之。而其书今佚。任讷为辑出小令七十四首，套曲十二首，仍题曰《唾窗绒》，且谓沈氏为昆曲未盛行以前四派之一。吕天成《曲品》列上品，云沈氏一字野筠。

【南仙吕】桂枝香·美姝

（《南宫词纪》）

玉容梅衬，绛唇桃印。翠粘九晕轻钿，绿映双鸦宫鬓[①]。偶回头笑生，偶回头笑生，更有百般丰韵。教我意狂身褪，暗消魂。他好似一片巫山外，东风雪后云。

【南仙吕】桂枝香·咏镜

（《南宫词纪》）

爱你秋波如练，金声娇软。既道是彻底澄清，却不合有人一面。我将他背儿磨弄，我将他背儿磨弄，[②]他把面儿翻转，硬心才见。意难传。你暗中不肯将人照，只怕你向后容光不似前。

【南南吕】懒画眉·旅思

（《南宫词纪》）

危楼日暮彩云生，十二阑干独自凭，嘹嘹何处雁归声。蓦然感起我扁舟兴，不觉的心到江南杜若汀。

【南南吕】懒画眉·春日闺中即事

东风吹粉酿梨花，几日相思闷转加，偶闻人语隔窗纱。不觉猛地浑身乍，却原来是架上鹦哥不是他。

【南南吕】懒画眉·春怨

倚阑无语掐残花，蓦然间春色微烘上脸霞，相思薄倖那冤家。临风不敢高声骂，只教我指定名儿暗咬牙。

【南商调】黄莺儿·美人隔窗

俺只道秋水浸芙蓉，却原来透窗纱脸晕红。朦胧相对浑如梦。又不是云山几重，怎说与离情万种，只见绿杨烟里花枝动。总相逢，淡云笼月，人在广寒宫。

[注]

①《南词韵选》作“宫鸦双鬓”。

②《太霞新奏》作“待将他刮磨，待将他刮磨”。

陈 铎

字大声，号秋碧，下邳人，徙南京，睢宁伯陈文曾孙，世袭指挥。词曲与沈青门齐名，有《秋碧乐府》二卷，《梨云寄傲词》一卷。

【南商调】娇莺儿·题情

春寒成阵，绣衾谁与温，枉自换炉薰。可怪东风连夜，则管通花信。夜长风力紧，教人眠不稳。我这里顾影徘徊，又被这一帘花雾，遮得个月儿昏。

天街人静，罗衣风露冷，玉漏已三更。怪底凤笙何处，吹做阳关令。梧桐清瘦影，秋蛩鸣露井。几日来不见嫦娥，多谢这一星儿萤火，妒得个月儿明。

长更难度，沉沉楼上鼓，清漏响铜壶。无限恼人情绪，况是年华暮。鼓声凄又楚，漏声谁待数。不甫能步出重帘，肯分的玉梅枝上，添得个月儿孤。

金銮

字在衡，号白屿，陇西人，侨居金陵。任侠，喜交游，与金陵盛时泰交谊极笃。盛家多藏书，白屿寝馈其间。有《萧爽斋乐府》二卷，小令百数十首，套曲二十余首，钱谦益称其诗“风流婉约，得江左清华之致”。何元朗谓，“南都自徐髯仙后，惟金在衡最为知音。善填词，嘲调小曲极妙，令人绝倒”。

【南仙吕】一封书·闲适

（《南宫词纪》）

青溪畔小舟，趁西风，下浅流。绿杨外小楼，带斜阳，映远州。半篷好梦三更雨，一笛清商万顷秋。任沉浮，随去留，与我忘机是白鸥。

青溪畔小堂，四壁虽空书满床。碧岩下小窗，半世虽贫酒满缸。好山有意常当户，明月多情远过墙。伴诗狂，与酒狂，唾向西风枕簟香。

青溪畔小园，任荒芜，种几年。黄庭畔小笺，任生疏，写半篇。分来红药春前好，摘去青葵雨后鲜。又不颠，又不仙，拾得榆钱当酒钱。

青溪畔小庵，奉如来，灯半龛。黄茅下小潭，照楞伽，月半函。何须野老通经典，只与邻僧供笑谈。也装憨，也戒贪，是个闲人好放参。

祝允明

字希哲，号枝山，长洲人，弘治五年举于乡，广东兴宁知县，迁应天通判，谢病归，嘉靖五年卒。词曲外，尤工书法，散曲集名《新机锦》，今佚。

【南仙吕】金络索·四时闺怨

（《南宫词纪》）

东风转岁华，院院烧灯罢。陌上清明，细雨纷纷下。天涯荡子心尽思家，只见人归不见他。[1]合欢未久难抛舍，追悔从前一念差。伤情处，恹恹独坐小窗纱。只见片片桃花，阵阵杨花，飞过了秋千架。

杨花乱滚绵，蕉叶初学扇。翠盖红衣，出水新莲见[2]。金垆一缕微爇沉烟，睡起纱幮云髻偏。无端好梦谁惊破，花外莺声柳外蝉。羞临镜，千愁万恨对谁言。只见旧恨眉边，新泪腮边，界破残妆面。

闲阶细雨收，翠幕新凉透。衰柳残荷，正值愁时候。近来都减却旧风流，争奈新愁接旧愁。白云望断天涯远，人在天涯无尽头。相思病，无明彻夜几时休。只见雁过南楼，人倚西楼，人比黄花瘦。

银台绛蜡笼，翠幄金钩控。锦帐红炉，独自无人共。月明初转却③小房栊，不放清光照病容。愁听画角声三弄，吹落梅花一夜风。问山梦，鱼沈雁杳信难通，孤眠人最怕隆冬，又值严冬④，做不就鸳鸯梦。（末句软弱，且重一“梦”字，不免白壁微瑕耳。末句拟改为“砌愁在鸳衾缝”；又第二首第七句拟改“惊破”为“惊转”，叶韵且与末句“界破”不重；第三首第七句末叶韵，能叶五好。）

（《尧山堂外纪》云：枝山为人好酒色六博，不修行检。尝傅粉黛从优伶酒间度新声，侠少年好慕之，多赍金游。尝赋【金络索】四景词，脍人口。

《南宫词纪》载此【金络索】四首题曰“四时闺怨”，下注无名氏。当时脍炙人口之作，何以陈荩卿失考如此。）

[注]

①“天涯荡子”句五三，此词前与第五字作平，后二首作侧，且连下不断，此是务头，要以平为是。《南宫词纪》高深甫《四时怨别》四首，此处云：“谁言梦里，身遍天涯，撩人双燕子垒新巢。纱窗疏影，转淡银河。雕轮人去也，路茫茫。”一平

三仄。又孙幼如《代妓》四首，“琴心不可聊，记微招”；“兰闺并影移，佩迟迟”；“纤腰颤楚裙，拭檀痕”；“灯前笑语孤，岁华徂”。皆叶韵。五三两句也。

②《南九宫词》作“出水新莲现”。

③“却”，《南九宫词》作“过”。

④《南宫词纪》“又值隆冬”，“严”字依《南九宫词》改。

唐 寅

字伯虎，一字子畏，号六如居士，吴县人。弘治十一年乡试第一。

【南商调】黄莺儿·闺思

（八首录四，《南宫词纪》）

细雨湿蔷薇，画梁间，燕子飞。春愁似海深无底，天涯马蹄。灯前翠眉，马前芳草灯前泪。梦魂飞，云山万里，不辨路东西。

日转杏花梢，送春归，把酒浇。行人不念佳人老，青帘[1]小桥。黄骝满膘，天涯何处无芳草。路迢遥，离愁几许，瘦损小蛮腰。

残月照妆楼，静阴阴，燕子愁。满庭芳草黄昏后，王孙浪游。光阴水流，梨花冷淡和人瘦。梦悠悠，铜壶滴漏，孤枕四更头。

秋水蘸芙蓉，雁初飞，山万重。行人道路佳人梦，朝霜渐浓。寒衣细缝，剪刀牙尺声相送。韵叮咚，谁家砧杵，敲向月明中。

[注]

①“帘”，力盐切，音廉，酒望子。

杨　慎

字用修，一字子畏，号北庵，新都人。正德六年进士第一，授修撰。嘉靖间议大礼，触帝怒，廷杖，谪戍云南永昌卫，卒于戍所。有《陶情乐府》《续陶情乐府》。

【南商调】黄莺儿

（四首录二）

一水隔盈盈，峭寒生，日暮情。梨花小院人初静。玉箫懒听，金杯懒倾，月明闲杀秋千影。梦难成，村舂相应，疑是棹歌声。

听雨坐空斋，任闲花，烂漫开。碧云信断南天外。风摇绿槐，露零紫苔[1]，诗人老去莺莺在。坐空斋，[2]黄昏无耐，灯影照离怀。

【南商调】黄莺儿・又题太华

山翠合涟漪，看南天，倚杵低。双林八水幽栖[3]地。花深路迷，岩香草萋，绀[4]园碧瓦龙鳞砌。倦攀跻，吟成半偈，清磬浴堂西。

（桓谭《新论》，天以为盖转，左旋日月星辰，随而东西，千岁之后天可倚杵，汹汹莫知始终。吴淑《天赋》：尝论冒笠之象，宁知倚杵之期。）

[注]

①“紫苔”两字新，此处自以上声字为宜。

②两句“坐空斋”重，必系传唱误，句须改却。

③“栖”，先稽、先齐二切，并音西，凡物止息皆曰栖。“棲”同“栖”，又千西切，音“棲”。

④“绀”，古暗切，音“赣”。

黄夫人

工部尚书黄珂女，杨慎妻。慎谪云南，夫人寄【罗江怨】四首，流脍人口，有《黄夫人词曲》四卷，《拾遗》一卷。

【南商调】黄莺儿

（见《南宫词纪·眉端》，谓出韵故，未入正录）

积雨酿轻寒，看繁花，树树残。泥途满眼登临倦。云山几盘，江流几湾，天涯极目空肠断。寄书难，无情征雁，飞不到滇南。（此首极有名，惟“南”字出韵，致白璧微瑕。）

冯惟敏

字汝行，临朐人。嘉靖十六年举人，诗文与兄惟健、惟讷齐名，散曲集名《海浮山堂词稿》，是其手订，分大令、小令，各为卷。大令，谓套数也。任讷云，排奡而能妥帖，词中之辛稼轩、陈迦陵也。海浮套曲前多有长序，如《李中麓归田》，套前有古文一篇，历叙诗词曲之变。是认真作曲者，其曲亦多诙谐滑稽，如《河西六娘子》之《笑园六咏》，令人读了不禁哈哈，是豪放派中人物。

【北中吕】朝天子·自遣

（四首录一）

海翁，命穷，百不会千无用。知书识字总成空，浮世乾和哄。笑俺奔波，从他搬弄。你乖滑俺懞懂，就中，不同，谁认的鸡和凤。

【南南吕】二犯傍妆台·此景亭观雨共酌

（二首）

流水绕孤村，藕花四面吐清芬。坐邀三益友，行乐百年身。轻雷忽送山前雨，暮霭遥连海上云。解衣沽酒，促膝论文，一谈一笑共相亲。

七月火西流，湖光山色倍清幽。共拼河朔饮，散步习池游。儿童莫笑山翁醉，曲米能消杜甫愁。[1]碧筒纵饮，清商朗讴，海天一雨彩虹收。

【北双调】折桂令·下第嘲友人乘独轮车

（四首）

问先生归计如何，也不张旗，也不鸣锣。小小车儿，低低篷子，款款折磨。蜷的个腿偎腮软，瘫作一朵，敦的个手捶胸世不得通活。怕待奔波，且谩腾挪。只落的两眼迷离，四鬓婆娑。

问先生归计何如，弹铗长歌，莫叹无车。错认高轩，若非皂盖，定是肩舆。刚离了冷饭店，凄凉无话，又撞着打头风，灌满蘧庐。仰面嗟吁，搔手踟躇。一任他蓬转天涯，怎能够席卷长驱。

问先生何计存身，束手无谋，举目无亲。何处攀辕，几时揽辔，甚日埋轮。[2]那壁厢，睃[3]不上丢不下，残书乱捆。这壁厢，死不死活不活，瘦骨嶙峋。才待舒伸，又怕偏陈。受不过硬气车夫，快不的冷眼家人。

问先生何处安歇，刚要宁帖，又上摇车。休说才华，莫谈星命，总是饶舌。赤紧的，状元花状元红，让了人也。安排着，将军来将军去，怎肯亏折。未了的冤业，总有个结绝。投至得卷土重来，那其间再辨龙蛇。

[注]

①《晋书》：山简镇襄阳，惟酒是耽。诸习氏、荆土豪族有佳园池，简每出游嬉，多之池上，置酒辄醉，名之曰高阳池。

②《后汉书·范滂传》，滂登车揽辔，慨然有澄清天下之志。东汉顺帝时梁冀擅权，帝遣八使徇行风俗，独张纲埋其车轮，曰：豺狼当路，安问狐狸。

③睃，《集韵》：祖峻切，音俊，视也。

明无名氏

【南仙吕入商调】玉胞肚

（出《南九宫词》，下注“时曲”二字）

黄昏将傍，对孤灯，心中惨伤。向青鸾，把云鬓重妆。粉墙东月儿初上，偷开金锁出西厢，拜月亭前烧夜香。

夜香烧罢，倩红娘，扶归绣房。步苍苔，转过回廊。忽听得冰弦嘹亮，琴声哀苦一似凤求凰，莫不是那日相逢俊俏郎？

危楼独倚，恨茫茫，天空鸟飞。看落花，片片辞条，怎比我万千红泪。玉关此去信音稀，一日思君十二时。

陌头杨柳，猛撩人，心中暗愁。没来由，寡鹄孤鸾，悔教他拜将封侯。春云断处是凉州，尽日凝妆上翠楼。

绿窗低亚，看游蜂①，争喧晚衙。镇终朝，倸粉抛朱，平白地断送年华。不知春色在谁家，昨日街头卖杏花。

湘帘高挂，梦初回，红日又斜。隔墙头，蓦送莺声，问韶光可似天涯。春风吹遍故园花，临到开时不在家。

[注]

①《埤雅》：蜂有两衙应潮。陆游诗：微雨晴时看鹤舞，小窗幽处听蜂衙。

卷三　套数

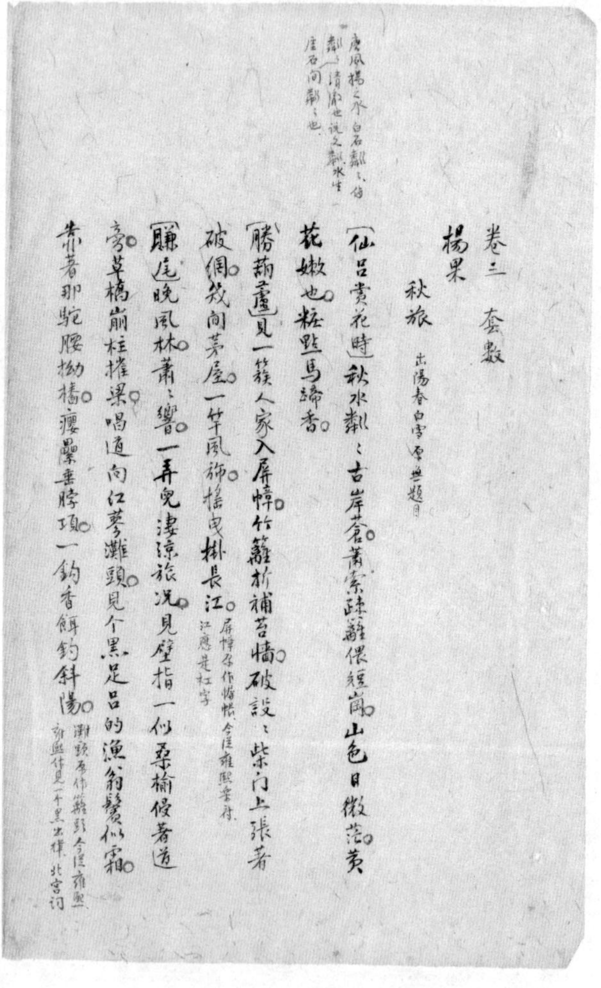

卷三　套數

楊果

秋旅　出陽春白雪　原無題目

唐風揚之水　白石粼粼　傳　粼粼　清澈也　說文　粼　水生厓石間粼粼也

〔仙呂賞花時〕秋水粼粼古岸蒼。蕭索疎籬偎短岡。山色日微茫。黄花嫩也。粧點馬蹄香。

〔勝葫蘆〕見一簇人家入屏幃。竹籬折補苔牆。破設設柴門上張著破網。幾向茅屋。一竿風旆。搖曳掛長江。

屏幃原作惱帳　今從雍熙樂府　江應是杠字

〔賺尾〕晚風林。蕭蕭響。一弄兒淒涼旅況。見壁指一似桑榆侵著道旁。草橋崩柱摧梁。唱道向紅蓼灘頭。見個黑足呂的漁翁鬢似霜。靠著那駝腰拗橋。瘦嬰嬰垂脖項。一鉤香餌釣斜陽。

灘頭原作蘋彭　今從雍熙　雍熙作見一个黑出律　北宮詞

浦江清《元明散曲选》手迹欣赏三

杨 果

【仙吕·赏花时】秋旅

（出《阳春白雪》，原无题目）

【仙吕·赏花时】秋水粼粼①古岸苍，萧索疏篱偎短岗。山色日微茫，黄花嫩也，妆点马蹄香。

【胜葫芦】见一簇人家入屏幛②，竹篱折补苔墙，破设设柴门上张着破网。几间茅屋，一竿风旆，摇曳挂长江③。

【赚尾】晚风林，萧萧响，一弄儿凄凉旅况。见壁指一似桑榆侵着道旁，草桥崩柱摧梁。④唱道向红蓼滩头⑤，见个黑足吕⑥的渔翁鬓似霜。靠着那驼腰拗桩，瘦累垂脖项，一钩香饵钓斜阳。

（北宋用二十八宫调，正宫、大食调、般涉调、大食角［以上黄钟均］，高宫、高大食、高般涉、高大食角［大吕均］，中吕宫、双调、中吕调、双角［夹钟均］，道宫、小食调、正平调、小食角［仲吕均］，南吕宫、歇指调、高平调［一名南吕调］、歇指角［林钟均］，仙吕宫、林钟商［一名商调］、仙吕调、林钟角［夷则均］，黄钟宫、越调、黄钟羽、越角［无射均］。南宋用七宫十二调，即去七个角声，又在大吕均中去高大食、高般涉两调也。元时北曲用六宫十一调曰：正宫、中吕宫、道宫、南吕宫、仙吕宫、黄钟宫、大石调、双调、小石调、歇指调、商调、越调、般涉调、宫调、高平调、商角调、角调。每调有特性，如仙吕宫清新绵邈，黄钟宫富贵缠绵等是也。其宫调、商角调、角调三种由何而来，情形不明。元人杂剧中所常用者，只正宫、中吕宫、南吕宫、仙吕宫、黄钟宫五宫及大食调、双调、商调、越调四调而已，此所谓九宫者是也。）

［注］

①《唐风·扬之水》：白石粼粼。粼粼，清澈也。《说文》：粼，水生崖石间，粼粼也。

②“屏幛”原作“屏帐”，今从《雍熙乐府》。

③“江”应是“杠”字。

④《北宫词纪》四五两句作“无数桑榆侵道旁，草桥崩，荡漾孤航”。

⑤“滩头”原作“篱头”，今从《雍熙》。

⑥《雍熙》作“见一个黑出律”。

关汉卿

【黄钟·侍香金童】闺思

（出《阳春白雪》，原无题目）

【黄钟·侍香金童】春闺院宇，柳絮飘香雪。帘幕轻寒雨乍歇，东风落花迷粉蝶。芍药初开，海棠才[1]谢。

【么】柔肠脉脉，新愁千万叠。偶记年前人乍别，秦台玉箫声断绝。雁底关河，马头明月。

【降黄龙滚】鳞鸿无个，锦笺慵写。腕松金，肌削玉，罗衣宽彻。泪痕淹破，胭脂双颊。宝鉴愁临，翠钿羞贴。

【幺】等闲辜负，好天良夜。玉炉中，银台上，香消烛灭。凤帏冷落，鸳衾虚设，玉笋频搓，绣鞋重攧[2]。

【出队子】听子规啼血，又西楼角声咽。半帘花影自横斜，画檐间丁当[3]风弄铁，纱帘外琅玕敲瘦节。

【么】铜壶玉漏催凄切，正更阑人静也。金闺潇洒转伤嗟。莲步轻移呼[4]侍妾，把香桌儿安排打快些。

【神仗儿煞】深沉院舍，蟾光皎洁。整顿了霓裳，把名香谨爇。伽伽拜罢，频频祷祝：不求富贵豪奢，只愿得夫妻每早早圆备者。[5]

（关汉卿散套一首，依《阳春白雪》任校本，此套好处在衬字极少，散曲正宜如此。）

[注]

①《吴选》“才”作“纔”。

②《吴选》“擷”作“跌”。

③《吴选》“丁当”作“丁冬”。

④《吴选》“呼”作“唤”。

⑤《吴选》“霓裳”作“罗裳”，“伽伽”作“深深”，“园备”作“园聚”。《广正谱》“伽伽”作“深深”。

马致远

【双调·夜行船】秋兴

（《中原音韵》作“秋思”，《词林摘艳》《北宫词纪》俱作“秋兴”，《乐府新声》无题）

【双调·夜行船】百岁光阴一[1]梦蝶，重回首往事堪嗟。今日春来，明朝花谢，[2]急罚盏夜阑灯灭。

【乔木查】想秦宫汉阙，都做了蓑草牛羊野。不恁么渔樵没话说。[3]纵荒坟横断碑，不辨龙蛇。[4]

【庆宣和】投至狐踪与兔穴，多少豪杰。鼎足虽坚半腰里折，[5]魏耶晋耶。

【落梅风】天教你富，莫太奢，不多时好天良夜。富家儿更做道你心似铁，[6]空辜负了锦堂风月。[7]

【风入松】眼前红日又西斜，疾似下坡车。不争镜添白雪，[8]上床与[9]鞋履相别。休[10]笑鸠巢计拙，[11]葫芦提一向装呆。

【拨不断】利名竭，是非绝，红尘不向门前惹。绿树偏宜屋角遮，青山正补墙头缺，更那堪竹篱茅舍。[12]

【离亭宴煞】[13]蛩吟罢一觉才宁贴，鸡鸣时万事无休歇，[14]何年是彻。[15]看密匝匝蚁排兵，[16]乱纷纷蜂酿蜜，闹穰穰蝇争血。裴公绿野堂，陶令白莲社。爱秋来时那些，[17]和露摘黄花，带霜分紫蟹，煮酒烧红叶。想人生有限杯，浑几个重阳节。人问我顽童记者：便北海探吾来，道东篱醉了也。

（以上从任讷辑本《东篱乐府》，依《乐府新声》本。）

（《中原音韵》评此曲云：此方是乐府，不重韵，无衬字，韵险语俊。谚云百中无一，余曰万中无一。吴梅云，马致远小令以【天净沙】为最，纯是天籁，仿佛唐人绝句，《秋思》一套，直似长歌矣，且通篇无重韵，尤较作诗为难。

蝶、穴、杰、别、竭、绝［平声］，阙、说，铁，雪、拙、缺、贴、歇、彻、血、节［上声］，灭、月、叶［去声］。

一总说，二帝王，三豪杰，四富人，五以下自己处世，接近自然。）

［注］

①“一”，一作“如”。

②一作“昨日春来，今朝花谢”。

③《中原音韵》无“么”字，《摘艳》“么”作“的”，《词纪》作“一恁”二字。

④一无“想”字，无“都”、“了”两字，无“么”字，“没”作“无”。

⑤无“里”字。鼎足三分，半腰里折。

⑥“富家儿”句，《中原音韵》作“看钱奴硬将心似铁”。

⑦《中原音韵》首句无“你”字，次句作“不待奢”，三句“不”作“无”，末句“空”作“争”，无“了”字。

⑧《音韵》作“晓来清镜添白雪”。

⑨“与”一作“和”。

⑩“休”一作“莫”。

⑪《词纪》《正音谱》作“巢鸠计拙”。

⑫《音韵》“屋角”作“屋上”，末句无“更那堪”三字。

⑬“离亭宴带歇指煞”，“离亭宴”七七六五五，今将他拆成两段，而以歇指煞之四三三，三三三，四三三，三三三，十二句插入其中。歇指双鸳鸯煞尾声。

⑭一无“罢”字，无“时”。

⑮《音韵》作“争名利何年是彻”。

⑯[《音韵》]四句无“看”字。

⑰[《音韵》]“爱秋来”句无“时”字。

贯云石

【北中吕·粉蝶儿】西湖游赏（南北合套）

（依任辑《酸甜乐府》本，从《北宫词纪》本。郑西谛影印明无名氏《南九宫词》亦取此套，特未标明酸斋耳。）

【北中吕·粉蝶儿】描不上小扇轻罗，你便是真蓬莱赛他不过。[1]虽然是比不得百二山河，一壁厢嵌平堤连绿野，端的有亭台百座。暗想东坡，逋仙诗有谁酬和。

【南好事近】谩说凤凰坡，怎比繁华江左。无穷千古，真个是胜迹极多。烟笼雾锁，绕六桥翠幛如螺挫。[2]青霭霭山抹柔蓝，碧澄澄水泛金波。

【北石榴花】我只见采莲人唱采莲歌，端的是胜景胜其他。只他那远峰倒影蘸着清波，晴岚翠锁，怪石嵯峨。我只见沙鸥数点湖光破，咿咿哑哑橹声摇过。我只见女娇羞倚定雕阑坐，恰便似宝鉴对嫦娥。

【南料峭东风】[3]缘何乐事赏心多，诗朋酒侣吟哦。花浓酒艳[4]，破除万事无过。嬉游玩赏，对清风明月[5]安然坐。任春夏秋月冬天，适兴四时皆可。

【北斗鹌鹑】闹穰穰急管繁弦，齐臻臻兰舟画舸。娇滴滴粉黛相连，颤巍巍翠云万朵⑥。端的是洗古磨今锦绣窝。你不信试觑波⑦，绿依依杨柳千株，红馥馥芙蕖万朵。

【南扑灯蛾】清风送蕙香，月穿岫云破。⑧清湛湛水光浮岚碧，响珰珰晓钟⑨儿敲破，呜咽咽猿啼古岭，见对对鸳鸯戏着清波⑩。迢迢似渔舟钓艇，碧澄澄满船雨笠共烟蓑。

【北上小楼】密匝匝那一窝，疏剌剌这几伙。我这里对着青岚，湛着清波。⑪微雨初收，微烟初散，微风初过，却正是再休题淡妆浓抹。

【南扑灯蛾】叠叠层楼画阁，簇簇奇花异果。⑫远远的绿莎茵，茸茸的芳草坡。忔蹬蹬的马蹄踏破，隐隐似长桥卧波，细袅袅绿柳金拖。迢迢似渔舟钓艇，碧澄澄满船渔⑬笠共烟蓑。⑭

【尾声】阴晴昼夜皆行乐，古往今来吟咏多。雪月风花事事可。⑮

（按：《录鬼簿》云，以南北调合腔始自沈和甫，如《潇湘八景》《欢喜冤家》等曲极为工巧。世遂以为南北合套起于元末，不知合腔云云，殆谈合南北腔为一曲如《潇湘八景》《欢喜冤家》皆其曲名，至于南北合套，则和甫前早有之，比如酸斋之《西湖游赏》即是。）

［注］

①《雍熙乐府》次句“你”字作“恰”。

②《吴选》“极”作“留”，“挫”作“错”。“极多”，《南九宫词》作“偏多”。

③《南九宫词》此曲仍标【好事近】。

④《雍熙》三句“艳”作“酽”。

⑤《吴选》“明月”作“皓月”。

⑥“万朵”作“万颗”。

⑦《吴选》“觑波”作“觑呵”。

⑧《吴选》作“岫月穿云破”。

⑨《南九宫词》作“晚钟”。

⑩［《吴选》］“清波”作“晴波”。

⑪《雍熙》三四两句作“对着晴岚，倚着青山，湛着清波”，《吴选》作“对着清岚，倚着清风，泛着清波”。《南九宫词》同《雍熙》。

⑫《吴选》“叠叠的层楼画阁，簇簇的奇葩与异果”。

⑬《雍熙》末句“渔”作“雨”，《南九宫词》同《雍熙》。

⑭《吴选》末两句作“我实丕丕放开眼界，这整齐齐楼台金

碧，天上也无多”。按：渔舟钓艇两句重（见【南扑灯蛾】——编者），《吴选》似以己意改之，非有所本也，而尾声二句亦然，用《牡丹亭·拾画》尾声末句意。

⑮《吴选》【尾声】末二句作“不信这好风景被横俗人催挫，再寻个风雅的湖山何处可”。

张可久

【南吕·一枝花】湖上晚归

（见《太平乐府》。《北宫词纪》作“携美人湖上归”，[1]
一本《太平乐府》作“湖上归”）

【南吕·一枝花】长天落彩霞，远水涵秋镜。花如人面红，山似佛头青。生色围屏，[2]翠冷松云径，嫣然眉黛横。但携将旖旎浓香，何必赋横斜瘦影。[3]

【梁州】挽玉手留连锦茵，据胡床指点银屏[4]，素娥不嫁伤孤另。想当年小小，问何处卿卿。东坡才调，西子娉婷，总相宜千古留名。吾二人此地私行，六一泉亭上诗成。三五夜花前月明，十四弦指下风生。可憎，有情，捧红牙合和伊州令。万籁寂，四山静，幽咽泉流水下声，鹤怨猿惊。

【尾】岩阿禅窟鸣金磬，波底龙宫漾水精[5]。夜气清，酒力醒，宝篆销，玉漏鸣。笑归来仿佛二更[6]，煞强似踏雪寻梅灞桥冷。

（沈德符《顾曲杂言》云，若散套，虽诸人皆有之，惟马东篱“百岁光阴”，张小山“长天落彩霞”为一时绝唱。其余俱不及也。）

[注]

①玩曲意，自是一人独归，中间【梁州】一支写楼上和美人谈笑，只是回忆。《北宫词纪》之题未必有据也。

②《北宫词纪》作“巧画圆屏”。

③[《北宫词纪》]又作“何必赋横斜疏影”。

④“银屏”原作“银瓶”，今据意改。

⑤《北宫词纪》“水精”作“水晶”。

⑥《黄抄小令》作“三更”。

康　海

康海，字德涵，陕西武功人。弘作十五年（二十八岁）以状元进士及第，嘉靖十九年卒，年六十六。尝因救李献吉（梦阳）谒刘瑾，瑾败失官，梦阳坐视不救。或云《东郭先生误救中山狼》杂剧为对山作。

【北中吕·粉蝶儿】代友人宦邸书怀

（《沜东乐府》）

【北中吕·粉蝶儿】退食官衙，坐秋窗一篝灯下，冷清清人远天涯。平白地弃坟丘，辞亲戚，那个是功名无价。见如今狼虎相持，眼睁睁许多愁怕。

【醉春风】不得官日日叹沉埋，恰得官日时时防倒塌。那里有安车驷马拥高牙，倒煎聒的我傻，傻。吃紧的留也难留，去也难去，罢也难罢。

【红绣鞋】转眼间俄为中夏，到官时尚未初腊。新催科旧拖欠乱如麻，碜可可穷百姓，恶狠狠甚刑法。你便是铁心肠，怎下的打。

【满庭芳】到晚来才能下榻，怎当他萧萧客枕，灿灿灯花。吃紧的无情雨打芭蕉衩，惊的我梦转天涯。只俺这倚门娘褒封在那搭，干教那望夫人虚度年华。泪点儿双双下，趨趨的晨钟又发，眼睁睁红影上窗纱。

【上小楼】少不的骑鞍压马，升堂佥画。甫能的出几纸批儿，勾几个人儿，怎当他名①是人差。问着他，口兀剌，虚惊诡怕。你便是炳灵神也千错百差。

【么】想着那官家礼法，都被这奸豪厮诈。他结交的吏典滑熟，人情通透，上下欢洽。既不曾拿住他，又怎么下重罚。他反关门，到又把别人讴吓，怪不的整年家事无捉拗。

【十二月】从今后周询细察，那怕他利齿灵牙。他便会神藏鬼掩，也难逃亩履升查。自古道一夫一马，怎能得千做千差。

【尧民歌】可不道官清法正自无哗，见如今流离逃窜未安插。家征口敛百忙里杂，女哭儿啼甚行踏。听咱，爱民如爱花，休使风霜乍。

【耍孩儿】少年时豪气天来大，动不动要做个英雄俊雅。到如今行步紧钳拿，是多少海样波查。指望待春风禁柳行骢马，到做了落日庭槐数暮鸦。原的是风雨顺收禾稼，落一个民安事妥，说甚么紫绶黄麻。

【尾】论孤高须索向青门学种瓜，论读书怎可似庄周言飘瓦。趁明时休负了平生价，觅一个循吏名儿兀的不可喜煞。

[注]

①“名”疑是“明”字

陈　铎

【南仙吕·一封书犯】春词

（《南宫词纪》《南九宫词》）

【南仙吕·一封书犯】池冰泮乍暖，小梅枝春尚浅。东风正峭软，受余寒帘半卷。菜簇青丝纤手送，剪就金花媚绮筵。花灯正悬，酒杯谩传，灯列星桥酒似泉。杯深劝，歌谩演，星毬高转舞腰旋。鱼初跃，莺乍啭，半晴半雨养花开。（均犯排歌）

【皂罗袍犯】闲望谁家庭院，向乱红深处、送出秋千。彩绳高挂绿杨烟，金莲颠倒空中现。王孙墙外暂停锦鞯，佳人墙内双凭玉肩，无情半晌空留恋。逢欢处，衣笑典，一春长费买花钱。骈珠翠，杂管弦，玉楼人醉杏花天。

【大河蟹犯】宝马青衫袅玉鞭，花枝重帽檐偏。十里湖光平似掌，草茵青展，留与游人醉时眠。斜阳下，归路远，铜鞮齐唱马头前。寻春事，到水边，楼船人坐镜中天。

【乐安神犯】蝶愁蜂怨，东皇容易，老尽芳妍。落花台榭有啼鹃，轻风巷陌飞雏燕。一刻休虚度，秉烛向西园，醉后重开宴。诗频咏，髭笑捻，清狂俱是饮中仙。春归去，最可怜，杨花榆荚自漫天。

【尾声】试霜毫，临端砚。好吟诗句记流年，觅取鹅溪十丈笺。

梁辰鱼

【大石调·念奴娇序】拟出塞

（《南宫词纪》）

【大石调·念奴娇序】龙荒[1]万里，正风高紫塞[2]，迢遥千古长城。落日寒原凝望处，茫茫极北云平。连亘，白狄临关，黄河夹地，胡儿千队此驰骋。（合）还自许终军[3]早岁，独请长缨。

【换头第二】堪哽，阴燐耿耿，见白骨满野，乌鸢蝼蚁相庆。万叠惊沙探骑急，黑夜移营传令。还逞，苜蓿初肥，葡萄新熟，貂裘十万尽精兵。（合）还自许终军早岁，独请长缨。

【换头第三】愁听，破纳沙头[4]，受降城[5]上，断鸿残角总边声。烽堠直，烽堠直，[6]见月下归来残兵。飞警，雪迸金笳，云崩铁骑，祁连黠虏正凭陵。（合）还自许终军早岁，独请长缨。

【换头第四】冥冥，杀气侵云，猎声沉塞，新来降骑说蕃情。麟阁迥，麟阁迥，[7]莫负三尺青萍。休惊，北接莎车[8]，西通疏勒，班超原是一书生。（合）还自许终军早岁，独请长缨。

【古轮台】雁南征，西风吹急不堪听。胡天嘹唳空相应。音书难倩，况万里膻腥，更谁访红颜薄命。（有）西遣乌孙，一生孤另。有荒坟烟锁草青青，霜迷月冷。有崎岖北去胡廷[9]，哀笳倚拍，家山何处，凄凉风景，千载恨难平。关河永，游魂无侣伴孤影。

【换头】闲评，曾有擒虏王庭，还又有杀敌居胥[10]，战无不胜，竹帛丹青，细屈指，依稀名姓。有年少封侯，奇功难并。也有垂老戟门，竟无成，数奇不幸。有白头北海飘零，淹留朔地[11]，餐毡嚼雪，旌旄落尽，成败古难凭。但愿输忠荩，君不闻，男子重横行。

【尾】横磨扫[12]十万兵，会看取单于系颈，直待要踏破燕然再勒铭。[13]

[注]

①《汉书叙传》，龙荒幕朔，莫不来庭。《唐书·突厥传》：定襄城其地南大河，北白道，畜牧广衍，龙荒之最壤，故突厥争利之。

②《古今注》：秦筑长城，土色紫，汉塞亦然。一云雁门草皆色紫，故名紫塞。

③终军，汉济南人，字子云，少好学，能文。武帝时奉使

说南越王内属，终请长缨，谓必羁南越王颈致之阙下。既至越说之，越王听许，请内属。而越相吕嘉不从，攻杀王及汉使。军亦被害，时年二十余。

④李益《度破讷沙》诗：破讷沙头雁正飞，鸊鹈泉上战初归。

⑤汉受降城，武帝遣公孙敖所筑，在今绥远乌拉特旗部北，唐分东西中三城。张仁愿所筑，所以御突厥者，中东两城皆在今绥远省境内。西受降城在今鄂尔多斯右翼后旗西北。

⑥吴瞿安《曲选》，“烽堠直”句不重。

⑦吴瞿安《曲选》本，“麟阁迥”句不重。

⑧“车”，原作“居”。

⑨“去胡廷”，原作“污胡尘”，依吴瞿安《曲选》改。

⑩《汉书·霍去病传》：封狼居胥山禅于姑衍，登临翰海。

⑪朔地，吴本作异地。

⑫“横磨扫”三字原作“天王借”，依吴本改

⑬后汉永元元年，窦宪破北单于，登燕然山刻石纪功而还。今蒙古三音诺颜汗中部之杭爱山。

沈　仕

【北双调·新水令】秋怨（南北合套）

（《北宫词纪》，《吴骚合编》作“闺情”）

【北双调·新水令】一声孤雁送新愁，顿教人转添憔瘦。暝烟枫叶晚，凉雨桂花秋。燕侣莺俦，甚时节，再成就。

【南步步娇】底事恹恹如中酒，镇日眉儿皱。似此不回头，着意沉吟，自也难穷究。欲诉恨无由，把相思就里空僝僽。

【北折桂令】枉耽着闲闷闲愁，不在心头，定在眉头。只为你踪迹难凭，心肠忒狠，语话全浮，寄离情书何得有。待相逢梦也难求，著甚来由。晓夜无休，又不是鱼水相欢，胶漆相投。

【南江儿水】有意花空待，无情水自流。看从前光景都非旧，怪西风唤起沧江皱，奈浮云点破青山秀。触处如何消受，泪颗无端，展转乱垂腮斗。

【北雁儿落带得胜令】空只恁雾锁了金梯翡翠楼，尘蒙了锦被鸳鸯绣，弦绝了瑶琴鸾凤音，篆烬了玉鼎狻猊兽。寂寞杀传书白雁秋，冷淡杀流诗红叶沟，辜负杀对影青鸾镜，凄凉杀交欢碧玉瓯。羞也么羞，羞杀了入青琐偷香手。愁也么愁，愁杀了枉离魂倩女游。

【南侥侥令】凉浸闲庭宿雨收，败叶乱盈眸。闷把年光闲屈指，看重阳又过头。

【北收江南】呀早知道这般样情分啊枉颠损玉搔头。空复把翠绡封泪寄牢收，翻做了烟波江上一浮沤。细思量转羞，不觉的西风吹老故园秋。

【南园林好】那再说鸾交凤友，那再说莺谐燕俦。信是虚耽生受，消尽了玉般柔，消尽了玉般柔。

【北沽美酒带太平令】桃花溪，杨柳楼，荼蘼酒，鹧鸪讴。一任他烟月空濛到处留，尽画了锦缠头。只管夸乖俏，逞风流。全不念星前交厚，全不念灯前罚咒。我啊到如今总丢。不休，虽然罪尤似仇，见他时管取共欢如旧。

【清江引】冤家再休情更扭，快补船儿漏。须教傍岸行，莫待临渊救，姻缘分该终自有。

影印本后记

这一册《元明散曲选》是我的父亲浦江清先生为讲授“曲选”课而编选的。当年大学各门课程没有现成课本，都由教师编写讲义，在课前交教务处油印发给学生，父亲工整清晰地抄录在毛边纸上，既为刻写者提供方便，更体现了他对教学一丝不苟的态度。原稿后来装订成册，加以蓝色封面封底和白色衬里，成为一册线装手抄本。父亲为付印而抄录的各类文学作品很多，如此装帧的却仅此一册，足见他对这一选本的珍爱。在他的日记里，记载了编选抄写的始末：

（一九四二年）十二月二十四日　星期四

是晚为圣诞节前夕，宿舍中人均外出，惟余一人守舍。读任二北《散曲丛刊》，预备下学期开“曲选”一课。

十二月二十六日　星期六

今日为余生日。上午未出门。读《散曲丛刊》，选关汉卿以下小令若干，抄写付讲义。

（一九四三年）一月三日　星期日——一月十四日　星期四

此数日留研究所，选元人散曲作讲义。

一月十六日　星期六

至校，借得陈所闻《南宫词纪》归。

一月十八日　星期一——一月二十二日　星期五

仍选散曲，自元迄明凡三十家。

作【鹦鹉曲】五首，用白无咎韵。

（以上节录自《清华园日记　西行日记》三联书店1999年11月第二版）

颇有意味的是，他选散曲，开始于平安夜和自己的生日，完成于春节到来之前。在别人外出娱乐之时，他独守宿舍，读曲、编曲，用与众不同的方式来庆祝节日。

1942年在他来说是不平常的一年。从5月28日到11月21日，历时半年，为了回西南联大执教，他走过九省，行程八千里，千辛万苦，终于从沦陷区到了昆明。而1943年抗战形势好转，胜利在望，他庆幸自己不再僦居敌寇铁蹄下的上海，自然一扫昔日的愁闷，心情舒畅起来。

熟悉父亲的人都知道他爱唱曲，又懂曲律。施蛰存先生甚至称他为“曲迷”。早在东南大学读书时，他就跟曲学大师吴梅学过曲学。吴先生理论与创作并重，同学中填词唱曲亦成风气。30年代在清华，他参加了俞平伯等人组织的谷音社，请过笛师拍曲。到昆明后，仍参加王瞻岩等人举行的曲叙。就在选散曲期间，元旦这天还应陶光之邀到昆明无线电台为播出的昆曲帮腔吹笛。当晚广播的节目有张充和等人演唱的《游园》《夜奔》和《南浦》。天性的爱好与教学研究是自然结合着的。他认为：“中国诗歌莫不与音乐有关。《诗》三百篇、汉魏南北朝乐府、唐诗、宋词、元明清之曲，其在当时，皆可被诸管弦而歌唱。如只当文学读，只是欣赏其一方面。”令他心忧的是：“惜宋词以前之诗歌，音谱皆亡。惟南北曲之音奏，至今尚保存一部分。”（见《悼吴瞿安先生》，原载上海曲学丛刊社出版之《戏曲》月辑，1942年3月）为弥补这种遗憾，他长期研究词牌、曲牌、宫调等等，积累了许多资料，其中一种就产生在从上海到昆明的艰难跋涉途程中。当时他被困在屯溪，路费用尽，靠变卖行李维持食宿。所幸借到朱载堉的《乐律全书》等书，便乐而忘忧，潜心研读，用一个半月作了三万多字的读书笔记（笔记以《乐律与宫调》为题，经整理已发表于中华书局《文史》2001年第3辑、第4辑）。那么，到了岁末，能在联大宿舍从从容容地赏析散曲，怎能不觉得是一种享受呢？而这一抄本，便是有这特殊意义的新年纪念了。

曲有剧曲和散曲。父亲平时唱的是昆曲，对戏曲自然情有独钟，但对散曲，也是关注的。他曾说过："治曲律音，对于散曲材料，尤不可忽，今传世元人散曲，数量亦复可观。"（《评王著〈元词斠律〉》，见《浦江清文录》人民文学出版社1989年12月版）南北曲此时已逐渐不能歌，而散曲作为格律诗的一种，则别有一番风味。父亲在选曲之余，不免兴起，也进行创作。元人白无咎的【鹦鹉曲】，曲家以为难和，他一气和作五首。现将收在《浦江清文录》中的四首抄录如下，以见其当时的心境：

鹦鹉曲（四首）

元人白无咎【鹦鹉曲】云："侬家鹦鹉洲边住，是一个不识字渔父。浪花中一叶扁舟，睡煞江南烟雨，觉来时满眼青山（一本作'青山暮'），抖擞着绿蓑归去。算从前错怨天公，甚也有安排我处。"传唱一时，士大夫以为难和，如父字韵，甚字必要去声，我字必要上声，冯海粟和之至三十余章，可谓灏烂矣。冬日村居无俚，聊和数篇。

词人还向凤城住，好个不出山巢父。问何年剪烛西窗，却话荔亭风雨。长安似雪棠梨暮，可惜看花人去。梦相携一笛伶俜，唱彻在花魂冷处。〔寄怀平伯〕

送君且向家乡住，相依还有个阿父。叹当初贫贱夫妻，可正值忧愁风雨。七年间鸳聚匆匆，万里天涯人去。想娇儿啼罢灯昏，最应是念着我处。〔寄内〕

江南人向云南住，做了个北来的伧父。一年间几见花开，八月暗飞蛮雨。冷和暖没个准期，夹和棉着了还去，说什么四季如春，正疾病将人惹处。

天从人愿村庄住，伴几家没灾害农父。茅檐儿拂着朝云，帘卷苍林暮雨。问先生底事沉吟，千古事胸中来去。尽消磨黄卷青灯，这便是人间暖处。

和作抒写身处异乡怀念友人、妻儿的离情别绪。《寄内》一首微妙传达父母患难中相思相守之情，最触动我的心弦。联大教授生活清苦，借住农舍，似隐居，而非避世，结末点出“千古事胸中来去”，故虽伴黄卷青灯，仍感暖意。曲作诉忧思而不伤感，质朴、真挚，略带诙谐，不失散曲本色。

父亲选了元代二十家，一百零四题、一百八十八首，明代十二家，二十九题、五十五首，套数九套，元代五首、明代四首，共计三十三位曲家的代表作品二百五十余首。除用朱笔断句外，还写了大量释文，涉及作者小传、校勘、注释、批评、曲律、典故与传承、史料等诸多方面，以便学生了解元明散曲的成就，领略其魅力，也显示了他作为选家独到的眼光和审美趣味。有些释文与正文墨色不同，大约是备课时随时补充的。博涉群书，严谨治学，精审为文，体现了他一贯的作风。

感谢北京出版社和高立志先生，支持此书的影印出版。读者由此便有了展卷欣赏父亲墨迹的机会。父亲非有意作书，然其书法温雅流利，从收藏角度看也是有价值的吧。

七十五年后的今天，适逢父亲诞辰一百一十二周年，手稿得以面世。先人泉下有知，也一定会感到欣慰的。

浦汉明

2017 年 12 月于北京

附　浦江清《元明散曲选》手迹欣赏

關漢卿 大都人、太醫院尹、號已齋叟、

沈醉東風（雙調 五首）陽春白雪

咫尺的天南地北。霎時間月缺花飛。手執着餞行盞（盃）。眼閣着别離淚。剛道得聲保重將息。痛煞煞教人捨不得。好去者望前程萬里。

憂則憂鸞孤鳳單。愁則愁月缺花殘。爲則爲俏冤家害則害誰曾慣。瘦則瘦不似今番。恨則恨孤幃繡衾寒。怕則怕黄昏到晚。

伴夜月銀箏鳳閑。暖東風繡被常慳。信沈了魚書。絶了雁。盼雕鞍萬水千山。本利對相思若不還。只告與那能索債愁眉淚眼。任云常慳疑是知鳥慳之誤

夜月青樓鳳簫。春風翠髻金翹。雨雲濃。心腸俏。俊龐兒玉娘香嬌。

馬致遠

大都人、號東籬、任浙江行省務官「賈本錄錄作老江浙行省務提舉」鬼簿著存一卷、江都任訥輯本、任云、馬氏散曲以豪放為主、如天馬脫羈、極盡馳騁之妙、

湘妃怨

（雙調、一名水仙子、一名凌波仙）陽春白雪

和盧疏齋西湖四首

春風驕馬五陵兒。暖日西湖三月時。管絃觸水鶯花市。不知音不到此。宜歌宜酒宜詩。山過雨顰眉黛。柳拖煙堆鬢絲。可戲煞睡足的西施。

採蓮湖上畫船兒。垂釣灘頭白鷺鷥。雨中樓閣煙中寺。笑王維作畫師。蓬萊倒影參差。薰風來至。荷香淨時。清潔煞避暑的西施。

金卮滿勸莫推辭。已是黃柑紫蟹時。鴛鴦不管傷心事。便白頭湖

喬吉

「錄鬼簿云喬吉(一作喬吉甫)字夢符、太原人、號笙鶴翁、又號惺惺道人、美容儀、能詞章、以威嚴自飭、人敬畏之、居杭州太乙宮前、有題西湖梧葉兒百篇、名公為之序、江湖間四十年、欲刊所作、竟無成事者、至正五年二月病卒於家、」

「任訥云喬氏集在元代名惺惺道人樂府、羣玉所據以選錄、明代失傳、李開先輯喬夢符小令一種、另有明無名氏輯文湖州集詞一種、亦以羣玉所選為本、以係二種補足之、成夢符散曲三卷、涵虛子論曲謂其詞如神鼇鼓浪、李開先以喬夢符張小山為曲中李杜、王驥德謂李則寬甫、杜則東籬、喬張蓋長吉義山之流、任云李主單以散曲言、王則兼謂劇曲、可喬張之別在夢符能熔鑄俗語以成俊爽之詞、小山善挹唐詩宋詞、可謂古雅」

折桂令

以下惺惺道人樂府

贈羅真真高敬臣胡善甫席上賦

羅浮夢裏真仙。雙鎖螺鬟。九暈珠鈿。晴柳纖柔。春蔥細膩。秋藕勻圓。酒盞兒裏央及出些腼腆。畫幀兒上喚下來的嬋娟。試問尊前。

張可久

湖上晚歸

見太平樂府。北宮詞紀作攜美人湖上歸。一本太平樂府作湖上歸。

〔南呂一枝花〕長天落綵霞。遠水涵秋鏡。花如人面紅。山似佛頭青。生色圍屏。翠冷松雲徑。嫣然眉黛橫。但攜將旖旎濃香。何必賦橫斜瘦影。北宮詞紀作巧

畫圍屏 又作何必賦橫斜疏影

〔梁州〕挽玉手留連錦裀。據胡床指點銀屏。素娥不嫁傷孤另。想當年小小。問何處卿卿。東坡才調。西子娉婷。總相宜千古留名。吾二人此地私行。六一泉亭上詩成。三五夜花前月明。十四弦指下風生。可憎。有情。捧紅牙合和伊州令。萬籟寂。四山靜。幽咽泉流水下

沈德符顧曲雜言云：若散套，雖諸人皆有之，惟馬東籬百歲光陰，張小山長天落彩霞，為一時絕唱，其餘俱不及也。

卷四　补选元明散曲五十首

倪瓒《秋亭嘉树图》

王　鼎

字和卿，大都人，性善谐谑，滑稽佻达，与关汉卿同时而先卒。

【仙吕】一半儿·题情

鸦翎般水[1]鬓似刀裁，小颗颗芙蓉花额儿窄。[2]待不梳妆[3]怕娘左猜。不免插[4]金钗，一半儿蓬松，一半儿歪[5]。

书来和泪怕开缄，又不归来空再三。这样病儿谁惯耽。越恁瘦岩岩，一半儿增添，一半儿减。

[注]

①《梨园乐府》“般水”作“云”。

②《梨园乐府》作“淡扫蛾眉宫样窄”。

③《梨园乐府》“待不梳妆”作“不梳妆又”。

④《梨园乐府》“不免插”作“插支短”。

⑤元刊《太平乐府》“一半儿歪”作“一样儿歪”。

商　挺

字孟卿，一作梦卿，自号左山山人。元初为行台幕官，入事世祖于潜邸。至元元年，入拜参知政事，同佥枢密院事，累迁枢密副使。《全元散曲》存其小令十九首。

【双调】潘妃曲①

败柳残荷金风荡，寒雁声嘹亮，闲盼望。红叶皆因昨夜霜，菊花黄，堪画在帏屏上。

带月披星担②惊怕，久立纱窗下，等候他。蓦听得门外地皮儿踏，③则道是冤家，原来风动荼蘼架。

[注]

①《梨园》《雍熙》不注撰人。《梨园》全首作："带月披星担惊怕，独立在花阴下，等待他。撒撒地鞋尖将地皮踏。我道是劣冤家，却元来是风摆动荼蘼架。"

②《雍熙》"担"作"耽"。

③《雍熙》二三四句作"独立花阴下，真心等待他。猛听得响撒撒"。

陈草庵

字彦卿，号草庵，大都人。孙楷第《元曲家考略》认为即陈英。元张养浩《归田类稿》说他曾任监察御史、诸道宣抚、中丞等职。现存小令二十六首。

【中吕】山坡羊·叹世

晨鸡初叫，昏鸦争噪，那个不去[①]红尘闹。路迢遥[②]，水迢迢，功名尽在长安道。今日少年明日老。山，依旧好；人，憔悴了。

[注]

①《群珠》“不去”作“不出”。

②《群珠》“迢遥”作“迢迢”。

关汉卿

【双调】大德歌·秋

风飘飘，雨潇潇，便做[①]陈抟也睡不着。懊恼伤怀抱，扑簌簌泪点抛。秋蝉儿噪罢寒蛩儿叫，淅零零细雨打芭蕉。

【南吕】四块玉·闲适

旧酒投[②]，新醅泼，老瓦盆边笑呵呵，共山僧野叟闲吟和。他出一对鸡，我出一个鹅，闲快活。

【南吕·一枝花】不伏老

攀出墙朵朵花，折临路枝枝柳。花攀红蕊嫩，柳折翠条柔，浪子风流。凭着我折柳攀花手，直煞得花残柳败休。半生来折柳攀花，一世里眠花卧柳。

【梁州】我是个普天下郎君领袖，盖世界浪子班头。愿朱颜不改常依旧，花中消遣，酒内忘忧。分茶攧竹，打马藏阄；通五音六律滑熟，甚闲愁到我心头。伴的是银筝女、银台前、理银筝、笑倚银屏，伴的是玉天仙、携玉手、并玉肩、同登玉楼，伴的是金钗客、歌金缕、捧金樽、满泛金瓯。你道我老也，暂休。占排场风月功名首，更玲珑又剔透，锦阵花营都帅头，曾玩府游州③。

【隔尾】子弟每是个茅草冈、沙土窝、初生的兔羔儿、乍向围场上走，我是个经笼罩、受索网、苍翎毛老野鸡、蹅踏的阵马儿熟。经了些窝弓冷箭蜡④枪头，不曾落人后。恰不道人到中年万事休，我怎肯虚度了春秋。

【黄钟煞】我是个蒸不烂煮不熟捶不匾炒不爆响珰珰一粒铜豌豆，⑤恁子弟每谁教你钻入他锄不断斫不下解不开顿不脱慢腾腾千层锦套头。我玩的是梁园月，饮的是东京酒，赏的是洛阳花，攀的是章台柳。我也会围棋、会蹴鞠、会打围、会插科。会歌舞、会吹弹、会咽作、会吟诗、会双陆。⑥你便是落了我牙、歪了我口、瘸了我腿、折了我手，天赐⑦与我这几般儿歹症候，尚兀自不肯休。除是阎王亲自⑧唤，神鬼自来勾；三魂归地府，七魄丧冥幽。天哪，那其间才不向烟花路儿上走。

（任二北《曲谐》：奇情异彩，元代无两。……说得极情尽致，自是曲家擅场境地。）

［注］

①任二北校《阳春白雪》：“做”原作“效”，兹从《北平广正谱》。

②何抄本《太平乐府》“投”作“没”，刘永济《元人散曲选》作“酘”。

③《元人散曲选》作“四海遨游”。

④《元人散曲选》作“铁”。

⑤刘永济《元人散曲选》首句作“我却是”。

⑥《元人散曲选》第七八句作“我也会吟诗、会篆籀，会弹丝、会品竹。我也会唱鹧鸪舞垂手，会打围、会蹴鞠，会围棋、会双陆”。

⑦《元人散曲选》无“赐”字。

⑧《元人散曲选》作“令”。

白　朴

【中吕】喜春来·知几

知荣知辱牢缄口，谁是谁非暗点头，诗书丛里且淹留。闲袖手，贫煞也风流。

不因酒困因诗困，常被吟魂恼醉魂，四时风月一闲身。无用人，诗酒乐天真。①

【越调】天净沙·秋

孤村落日残霞，轻烟老树寒鸦，一点飞鸿影下。青山绿水，白草红叶黄花。

【双调】沉醉东风·渔大

黄芦岸白蘋渡口，绿杨堤红蓼滩头。虽无刎颈交，却有忘机友。点秋江白鹭沙鸥。傲杀人间万户侯，不识字烟波钓叟。②

（《摘艳》谓此套为赵明道《范蠡归湖》第四折；《词谑》云范子安作。）

[注]

①《雍熙乐府》"风月"作"风景"；"无用人"作"虽无甚"。

②《盛世新声》首句起衬"棹不过"三字，次句起衬"且湾在那"四字，"虽无"作"虽无那"，"却有"作"有几个"，末句起衬"我是个"三字。

马致远

【双调】落梅风·远浦归帆

夕阳下，酒旆闲。两三航未曾着岸。落花水香茅舍晚，断桥头卖鱼人散。①

【双调】清江引·野兴

西村日长人事少，一个新蝉噪。恰待葵花开②，又早③蜂儿闹，高枕上梦随蝶去了。（任二北《曲谐》：东篱闲适之词，意境最妙者，如【清江引】《野兴》……似此属辞比事，或含或吐，皆臻曲境上乘，无一毫非分。世人但以凝重犹尽诗余之【天净沙】争为推举，而遗此等清疏奇宕之篇，余终谓不知音矣。）

【南吕】金字经

夜来西风里④，九天雕鹗飞，困煞中原一布衣。悲，故人知未知？登楼意，恨无天上梯⑤。（任二北《曲谐》：虽是感士不遇，而亦放旷洒落，善自排遣，骚人而复达人。）

【双调】行香子

无也闲愁，有也闲愁，有无间愁得白头。花能助喜，酒解忘忧。对东篱，思北海，忆南楼。（元曲擅写贤愚、醉醒、有无、忙闲等人生的矛盾状态。后纳兰成德词《采桑子》："谁翻乐府凄凉曲，风也萧萧，雨也萧萧，瘦尽灯花又一宵。不知何事萦怀抱，醒也无聊，醉也无聊，梦也何曾到谢桥。"）

[注]

①《梨园乐府》作"垂杨岸，江蓼滩，一帆风送船着岸。孤村满林雅噪晚"，末句同。

②《梨园乐府》"花开"作"花放"。

③明大字体《太平乐府》"早"作"又遭"。

④刘永济《元人散曲选》"西风里"作"西风动"；任校曰：《乐府新声》"西风里"作"西风力"。

⑤《元人散曲选》"天上梯"作"上天梯"。

赵孟頫

字子昂，号松雪道人。赵宋宗室。至元中，以程钜夫荐，授兵部郎中。有《松雪斋集》，诗文清邃奇逸，书画享有盛名。

【仙吕】后庭花

清溪一叶舟，芙蓉两岸秋。采菱谁家女，歌声起暮鸥。乱云愁。满头风雨，戴①荷叶归去休。

[注]

①《松雪斋乐府》及《词综》末句“戴”俱作“带”。

王实甫

王实甫，名德信，大都人，约与关汉卿同时。杂剧《西厢记》的作者，《录鬼簿》有《凌波仙》词吊王实甫：“作词章风韵美，士林中等辈伏低。新杂剧旧传奇，西厢记天下夺魁。”《全元散曲》存小令一、套数二。

【中吕】十二月过尧民歌·别情

自别后遥山隐隐，更那堪远水粼粼。见杨柳飞绵滚滚，对桃花醉脸醺醺。透内阁香风阵阵，掩重门暮雨纷纷。 怕黄昏忽地①又黄昏，不销魂怎地不销魂。新啼痕压旧啼痕，断肠人忆断肠人。今春，香肌瘦几分，搂带宽三寸。

[注]

①《尧山堂外纪》“忽地”作“不觉”。

阿里西瑛

省称里西瑛，回族人。阿里耀卿学士之子。其人身材魁伟，善吹筚篥。所居吴城（今苏州市）东北角，名为“懒云窝”，作【殿前欢】小令以自述志趣。贯云石、乔吉、卫立中、杨朝英、吴西逸等人都有和作。《全元散曲》存其小令四首。

【双调】殿前欢·懒云窝

懒云窝，醒时诗酒醉时歌。瑶琴不理抛书卧，无梦南柯。得清闲尽快活，日月似穿梭过，富贵比花开落。青春去也，不乐如何。①

懒云窝，客至待如何。懒云窝里和衣卧，尽自婆娑。想人生待则么。贵比我高些个，富比我淤些个。呵呵笑我，我笑呵呵。②

[注]

①任校《阳春白雪》第三句后作：“尽自磨陀。想人生待则么，富贵似花开落，不落如何。呵呵笑我，我笑呵呵。”

②此首《太平乐府》注乔吉作。

鲜于必仁

字去矜，号苦斋，渔阳郡人。书法家鲜于枢之子，豪爽好客，工词曲，海盐杨梓二子从其受学，传为“海盐腔”。《全元散曲》存其小令二十九首。

【越调】寨儿令

汉子陵，晋渊明，二人到今香汗青。钓叟谁称，农父谁名，去就一般轻。五柳庄月朗风清，七里滩浪稳潮平。折腰时心已愧，伸脚处梦先惊。听，千万古圣贤评。

张养浩

字希孟，号云庄，山东济南人。武宗时，任监察御史，因直言敢谏，得罪权奸而罢官。仁宗即位，复起用，官至礼部尚书。英宗至治元年参议中书省事，因感仕途险恶，弃官归隐。文宗天历二年，关中大旱，又被召为陕西行台中丞，全力治旱救灾，到官四月，即因劳累过度而死于任所。著有《归田类稿》，散曲集名《云庄休居自适小乐府》。

【中吕】山坡羊·潼关怀古

峰峦如聚，波涛如怒，山河表里潼关路。望西都，意踌躇。伤心秦汉经行处，宫阙万间都做了土。兴，百姓苦；亡，百姓苦。

（任二北《曲谐》：以透辟沉着胜。）

【中吕】山坡羊·北邙山怀古

悲风成阵，荒烟埋恨，碑铭残缺应难认。知他是汉朝君，晋朝臣。把风云庆会消磨尽，都做了北邙山下尘。便是君，也唤不应；便是臣，也唤不应。

睢景臣

字景贤，或作嘉贤。《录鬼簿》将其名列在“方今已亡名公才人，余相知者”之列，云：景臣名舜臣，后字嘉贤。后字景贤，又字嘉宾。江苏扬州人，后来移居杭州。著有散曲集《睢景臣词》。《录鬼簿》特别提到：“维扬诸公俱作《高祖还乡》套数，惟公【哨遍】制作新奇，诸公者皆出其下。”

【般涉调·哨遍】高祖还乡

社长排门告示,但有的差使无推故。这差使不寻俗,一壁厢纳草也根，一边又要差夫，索应付。又言是车驾，都说是銮舆，今日还乡故。王乡老执定瓦台盘，赵忙郎抱着酒葫芦。新刷来的头巾，恰糨来的绸衫，畅好是妆幺大户。

【耍孩儿】瞎王留引定火乔男女，胡踢蹬吹笛擂鼓。见一彪人马到庄门，匹头里几面旗舒。一面旗白胡阑套住个迎霜兔，一面旗红曲连打着个毕月乌，一面旗鸡学舞，一面旗狗生双翅，一面旗蛇缠葫芦。

【五煞】红漆了叉，银铮了斧，甜瓜苦瓜黄金镀。明晃晃马镫枪尖上挑，白雪雪鹅毛扇上铺。这几个乔人物，拿着些不曾见的器仗，穿着些大作怪衣服。

【四】辕条上都是马，套顶上不见驴，黄罗伞柄天生曲。车前八个天曹判，车后若干递送夫。更几个多娇女，一般穿着，一样妆梳。

【三】那大汉下的车，众人施礼数，那大汉觑得人如无物。众乡老展脚舒腰拜，那大汉那身着手扶。猛可里抬头觑，觑多时认得，险气破我胸脯。

【二】你身须姓刘，你妻须姓吕，把你两家儿根脚从头数。你本身做亭长耽几盏酒，你丈人教村学读几卷书。曾在俺庄东住，也曾与我喂牛切草，拽坝扶锄。

【一】春采了桑，冬借了俺粟，零支了米麦无重数。换田契强秤了麻三秤，还酒债偷量了豆几斛。有甚胡涂处？明标着册历，见放着文书。

【尾】少我的钱，差发内旋拨还；欠我的粟，税粮中私准除。只道刘三，谁肯把你揪捽住。白甚么改了姓更了名，唤做汉高祖。

（与杜仁杰【般涉调】《耍孩儿·庄家不识勾栏》大致同构，只是杜作滑稽，而睢作辛辣耳。王季思云：在艺术创作上，他撇开一切书本材料和传统手法，从日常生活里组织素材，提炼语言，翻空出奇，涉想成趣。这是书会才人在配合勾阑说唱技艺时闯出来的一条新路子。）

乔 吉

【中吕】山坡羊·自警

清风闲坐，白云高卧，面皮不受时人唾。乐跎跎[1]，笑呵呵，看别人搭套项推沉磨。盖下一枚安乐窝，东，也在我。西，也在我。

【中吕】山坡羊·寓兴

鹏抟九万，腰缠十万，扬州鹤背骑来惯。事间关，景阑珊，黄金不富英雄汉。一片世情天地间。白，也是眼；青，也是眼。

（刘永济《元人散曲选序》：乔梦符越游怀古众作、小山湖上即事诸草，一则慷慨悲酸，如易水之死别；一则冷峭清越，如萧寺之晨钟。任二北《曲谐》：一"黄"一"青"一"白"三字，便罗尽一切世情人欲。）

【越调】凭栏人·金陵道中

瘦马驮诗天一涯，倦鸟呼愁村数家。扑头飞柳花，与人添鬓华。

[注]

①“跎跎”又作“陁陁”。

刘 致

【中吕】山坡羊·西湖醉歌次郭振卿韵

朝朝琼树，家家朱户，骄嘶过沽酒楼前路。贵何如，贱何如？六桥都是径行处，花落水流深院宇。闲，天定许；忙，人自取。（另《怀武昌次韵郭振卿韵》：“烟波渔父，扁舟归去，移家鹦鹉洲边住。任狂疏，恣痴愚，到头也有安排处。青箬绿蓑为伴侣。闲，也自取；忙也自取。”）

阿鲁威

阿鲁威，一作阿鲁灰，阿鲁翚，盖译音之异。字叔重，号东泉，时人亦称鲁东泉。蒙古人，至治、泰定年间，曾任延平路总管、泉州路总管、翰林学士兼经筵讲官。晚年退居杭州。工散曲、与虞集、张雨等人时有唱和。《太和正音谱》称其词“如鹤唳青霄”。《全元散曲》存其小令十九首。

【双调】落梅风

千年调，一旦空，惟有纸钱灰晚风吹送。尽蜀鹃啼血烟树中，唤不回一场春梦。

马九皋

【中吕】山坡羊

大江东去，长安西去，为功名走遍天涯路。厌舟车，喜琴书，早星星鬓影瓜田暮。心待足时名便足。高，高处苦；低，低处苦。

（王德渊之《薛昂夫诗集序》称薛昂夫“诗词新严飘逸，如龙驹奋迅，有并驱八骏一日千里之想”。）

张可久

【正宫】醉太平[①]

人皆嫌命窘，谁不见钱亲。水晶环[②]入麦糊盆，才沾粘[③]便滚。文章糊了盛钱囤，门庭改做迷魂阵，清廉贬入睡馄饨。胡芦提倒稳！

（周德清《中原音韵》评曰："窘"字若平，属第二著。平仄好。务头在三对，末句收之。任二北《曲谐》：痛愤之深，嘲骂之烈，得未曾有，在全集中直是别调矣。）

【正宫】醉太平·怀古

翩翩野舟，泛泛沙鸥。登临不尽古今愁，白云去留。凤凰台上青山旧，秋千墙里垂杨瘦，琵琶亭畔野花秋，长江自流。[④]

（刘永济《元人散曲选序》：夫俯仰千古，发摅感慨，易人雄肆，或则苍凉。而元人为之则多寒峭。……以冷隽之笔，写感喟之情。）

【越调】凭栏人·江夜

江水澄澄江月明，江上何人挡玉筝？隔江和泪听，满江长叹声。

【双调】庆宣和·毛氏池亭

云影天光乍有无，老树扶疏。万柄高荷小西湖。听雨，听雨。

［注］

①《中原音韵谱》题作“感怀”；《北宫词纪》题作“叹世”。

②《词纪》《雍熙乐府》三句“环”俱作“丸”。

③《音韵》“沾粘”作“粘拈”。

④厉刻小令卷上末句作“长江空自流”。

吕止庵

生平不详。别有吕止轩，隋树森疑其为一人，《全元散曲》合存其小令三十三，套数四。

【仙吕】醉扶归①

瘦后因他瘦，愁后②为他愁。早知伊家不应口，谁肯③先成就。营勾④了人也罢手，吃得我些酪子里骂，低低的咒。⑤

有意同成就，无意⑥大家休。几度相思几度愁，风月虚遥授。⑦你若肯时肯，不肯时罢手，休把人空拖逗⑧。

（刘永济《元人散曲选序》：至若沉着痛快，哀感顽艳，固词曲所同尚，而曲尤得力于痛快顽艳者独多。）

[注]

①《彩笔情辞》题作“讪意”。

②《雍熙乐府》“愁后”作“愁来”。

③《雍熙乐府》“谁肯”作“怎肯”。

④《雍熙乐府》“营勾”作“你营”。

⑤《雍熙乐府》末句“得”作“了”，“的”做“儿”。

⑥《雍熙乐府》“无意”作“无心”。

⑦《雍熙乐府》三句上衬“我为甚”，四句上衬“这”，“遥授”作“遥受”。

⑧任校《阳春白雪》末句“空拖逗”作“空付”。

张鸣善

名择，号顽老子，平阳（今山西临汾）人，家于湖南，流寓扬州，元亡后隐居吴江。《太和正音谱》和其曲词“藻思富赡，烂若春葩”，列于最上品，推为“一代作手”。《全元散曲》存其小令十三、套数二。

【双调】水仙子·讥时

铺眉苫眼早三公，裸袖①揎拳享万钟，胡言乱语成时用。大纲来都是②烘，说英雄谁是英雄。五眼鸡岐山鸣凤，两头蛇南阳卧龙，三脚猫渭水非熊③。

（刘永济《元人散曲选序》：虽语似旷达，而讥时疾世之怀，凛然森然，芒角四出，可谓怨而至于怒矣。王季思：把诗文中常见用语跟人民群众口头语言配合起来运用，形成一种文而不文、俗而不俗的调调儿，是从市井流传的曲调向文人创作的散曲过渡的现象。与此风格相近者有无名氏《醉太平·讥贪小利者》：“夺泥燕口，削铁针头，刮金佛面细搜求，无中觅有。鹌鹑嗉里寻豌豆，鹭鸶腿上劈精肉，蚊子腹内刳脂油，亏老先生下手！”）

[注]

①《辍耕录》“裸袖”作“裸衲”。

②《辍耕录》“都是”作“都视”。

③《尧山堂外记》“非熊”作“飞熊”。

杨朝英

杨朝英，号澹斋，青城（今山东高青县）人。与贯云石友善。曾编选《阳春白雪》《太平乐府》两部元人散曲集。

【双调】水仙子·自足

杏花村里旧生涯，瘦竹疏梅处士家，深耕浅种收成罢。酒新篘，鱼旋打，有鸡豚竹笋藤花。客到家常饭，僧来谷雨茶，闲时节自炼丹砂。（马致远【四块玉】:“酒旋沽,鱼新买,满眼云山画图开。清风明月还诗债。本是个懒散人,又无甚经济才,归去来。”）

【商调】梧叶儿·客中闻雨

檐头溜，窗外声，直响到天明。滴得人心碎，聒得人梦怎成？夜雨好无情，不道我愁人怕听。（蒋捷词《虞美人·听雨》：“少年听雨歌楼上。红烛昏罗帐。壮年听雨客舟中。江阔云低、断雁叫西风。而今听雨僧庐下。鬓已星星也。悲欢离合总无情。一任阶前、点滴到天明。”纳兰成德词《长相思》：“山一程，水一程。身向榆关那畔行，夜深千帐灯。 风一更，雪一更。聒碎乡心梦不成，故园无此声。”）

钟嗣成

字继先，号丑斋，大梁（今河南开封）人，寓居杭州。屡试不中。顺帝时编著《录鬼簿》二卷，评纪有元一代曲家。《全元散曲》存其小令五十九，套数一。

【双调】清江引·情

夜长怎生得睡着，万感萦怀抱。伴人瘦影儿，惟有孤灯照。长吁气一声吹灭了。（参马致远【寿阳曲】："云笼月，风弄铁，两般儿助人凄切。剔银灯保人将心事写，长吁气一声吹灭。"王骥德、臧懋循等论曲将之分为本色当行的行家与文采烂然的名家。本色派"人习其方言，事肖其本色，境无旁溢，语无外假"。对照读这两首相近的曲子可以悟得本色派与词采派的分野。）

倪　瓒

字元镇，号云林，无锡人。性格孤傲，绝意仕途，隐居太湖二十余年。自称“懒瓒”，又称“倪迂”，耽于诗文书画，尤以画名，为“元四家”之一。《全元散曲》存其小令十二首。

【黄钟】人月圆

伤心莫问前朝事，重上越王台。鹧鸪啼处，东风草绿，残照花开。怅然孤啸，青山故国，乔木苍苔。当时明月，依依素影，何处飞来。

冯梦龙《挂枝儿》《山歌》

冯梦龙，字犹龙，又字子犹，号龙子犹、墨憨斋主人、顾曲散人等。南直隶苏州府长洲县（今江苏省苏州市）人，编有《喻世明言》《警世通言》《醒世恒言》等小说；《广笑府》《笑府》《笑林》《雅谑》等笑话集；《挂枝儿》和《山歌》等民歌集，赵景深《中国小说丛考》以为“冯梦龙是当时俗文学有力的推动者”。冯梦龙《叙山歌》：书契以来，代有歌谣，太史所陈，并称风雅，尚矣。自楚骚唐律，争妍竞畅，而民间性情之响，遂不得列于诗坛，于是别之曰《山歌》。言田夫野竖矢口寄兴之所为，荐绅学士家不道也。惟诗坛不列，荐绅学士家不道，而歌之权愈轻。歌者之心亦愈浅。今所盛行者，皆私情谱耳！虽然桑间濮上，国风刺之，尼父录焉，以是为真情而不可废也。《山歌》虽俚甚矣，独非郑卫之遗与？且今虽季世，而但有假诗文，无假《山歌》；则以《山歌》不与诗文争名，故不屑假。尚其不屑假，而藉以存真，不亦可乎？抑今人想见上古之陈于太史者如彼，而近代之留于民间者如此，倘亦论世之林云尔。若夫借男女之真情，发名教之伪药，其功于《挂枝儿》等，故录《挂枝词》而次及《山歌》。

卓人月《古今词统序》云：“我明诗让唐，词让宋，曲又让元，庶几《吴歌》《挂枝儿》《罗江怨》《打枣竿》《银绞丝》之类，为我明一绝。”

心口相问

前日瘦，今日瘦，看看越瘦。朝也睡，暮也睡，懒去梳头。说黄昏，怕黄昏，又是黄昏时候。待想又不该想，待丢时又怎好丢！把口问问心来也，又把心儿问问口。

病

花不戴，钗不戴，连环儿也不戴。说人呆，笑人呆，我比人更呆。行也害，坐也害，睡梦也害。茶不思，饭不想，骨如麻，体似柴。为了你冤家也，这病有三四载。

素帕

不写情词不写诗，一方素帕寄心知，心知接了颠倒看，横也丝来竖也丝，这般心事有谁知。

虚名

耽惊怕，费心机，何会消受。寄音书，传口信，料也不在你心头。庞儿一半因君瘦。本待落花有意随流水，谁知花落无情水自流。落得个虚名也，人都说和你有。

荷

叶上露水儿一似珍珠现，是奴家痴心肠把线来穿。谁知你水性儿多更变，这边分散了，又向那边圆。没真性的冤家也，活活的将人来闪。

错认

隔花阴，远远望见个人来到，穿的衣，行的步，委实苗条。与冤家模样儿生得一般俏。巴不能到跟前，忙使衫裢儿招。粉脸儿通红羞也，姐姐，你把人儿错认了。

咳嗽

俏冤家，人面前瞧奴怎地。墙有风，壁有耳，切忌着疏虞。来一会，去一会，教我禁持一会。你的意儿我岂不晓。自心里，自家知。不好和你回言也，只好咳嗽一声答应你。

半夜

姐道我郎呀，尔若半夜来时没要捉个后门敲，只好捉我场上鸡来拔子毛，假做子黄鼠狼偷鸡引得角角哩叫，好教我穿子单裙出来赶野猫。

泥人

泥人儿，好一似咱两个，捻一个你，塑一个我，看两下里如何？将他来揉和了重新做，重捻一个你，重塑一个我。我身上有你也，你身上有了我。

（《南宫词记》有【南双调】《锁南枝·傻俊角》："傻俊角，我的哥！和块黄泥儿捏咱俩个。捏一个儿你，捏一个儿我，捏的来一似活托，捏的来同在床上歇卧。将泥人儿摔破，着水儿重和过，再捏一个你，再捏一个我。哥哥身上也有妹妹，妹妹身上也有哥哥。”）

泣想

青山在，绿水在，冤家不在。风常来，雨常来，书信不来。灾不害，病不害，相思常害。春去愁不去，花开闷不开。泪珠儿汪汪也，滴没了东洋海。

喷嚏

对妆台，忽然间打个喷嚏，想是有情哥思量我，寄个信儿。难道他思量我刚刚一次。自从别了你，日日泪珠垂。似我这等把你思量也，想你的喷嚏儿常似雨。

咒

俏冤家，我别你三冬后。拥衾寒，挨漏永，数尽更筹。叫着你小名儿低低咒，咒你那薄幸贼，咒你那负心囚。疼在我心间也，舍不得咒出口。

月

闷恹恹，独坐在荼蘼架。猛抬头，见一个月光菩萨。菩萨，你有灵有圣，与我说句知心话。月光华菩萨，你与我去照察他。我待他是真心，菩萨，他到待我是假。

小和尚

小和尚就把女菩萨来叫，你孤单，我独自，两下难熬。难道是有了华盖星便没有红鸾照。禅床做合欢帐，佛面前把花烛烧。做一对不结发的夫妻也，和你光头直到老。

整理者跋

笔者个人偏好，喜欢元曲甚于宋词，喜欢宋词甚于唐诗。因为唐诗因其圆熟的格律而总有些端着，词便轻松许多，有诗余之称；散曲更嫌下里巴人，又有词余之称。因为其彻底的草根气质所形成的率真和洒脱，散曲常常可以道传统诗词所未道。散曲作为诗之一体，叙事性强，可以颠覆我们对于中国古典诗歌的一些全称判断。而大部分读者耽于诗词而无视于散曲。市面上各类诗词选本和鉴赏集汗牛充栋，而散曲选则不多，一般流行大家选本有任讷、卢前《元曲三百首》，刘永济《元人散曲选》，王季思《元明清散曲选》等数种而已。因为编辑浦江清《中国文学史稿》，笔者惊见浦先生精妙的《元明散曲选》钞本，得到浦汉明老师的支持后便将之影印出版。虑及影印本普及性不强，特整理为简体横排，冀为读者添一大家选本。

整理过程中，将影印本的附录三篇均掺入正选，附录的解释部分也插入相应篇目中。为了读者更全面理解浦先生的散曲研究成就，特从《中国文学史稿（宋元卷）》节选“元代的散曲”作为卷首。又请专门从事古典戏曲研究的李简教授特撰长篇导读置于前。

李简先生指出：“真率自然，既能白描，又具备古雅之原质的散曲作品，才是浦先生推崇的作品。”浦先生选本整体上偏于“雅”的色彩，而那些“豪辣灏澜”如关汉卿《不伏老》都落选了。为了让读者读到更多风格的散曲作品，所以笔者又增选了约五十题，这其中又增加王实甫、倪瓒等十余位元代散曲作者，所选多为易于记诵的小令，套曲仅增关汉卿【南吕·一枝花】《不伏老》和睢景臣【般涉调·哨遍】《高祖还乡》两套“奇丽”的代表作，这些作品和浦江清先生所选合起来约略三百首，故以《元明散曲三百首》为名。

浦江清先生的选取标准如李简先生序，而补选部分则偏重更为率性的作品，多是《元曲三百首》《元人散曲选》《元明清散曲选》的选中之选，而统一以隋树森《全元散曲》为底本，又同时参考任中敏《散曲丛刊》校其文字异同。

其实，任何选本都有着编选者的个人趣味，例如关马乔张等大家上乘作品比比皆是，选不胜选，略作补选不过是增加一些别样的名篇，彰显其风格的多样性；补选阿鲁威、鲜于必仁、阿里西瑛等新的曲家，首先是体现散曲写作在元朝的热度和普及性，尤其是其南北文化交融的特质。补选最后部分是冯梦龙的《挂枝儿》和《山歌》。总体上说，《挂枝儿》经过不少的文人润色，而《山歌》更原生态，所以艺术成就也更高。但两者都是“私情谱耳”，要虑及普及性，所选未必是最精彩的。所以一个好的选本只是一个引子，引导读者去看更多的名家名作，例如《东篱乐府》《小山乐府》，甚至《全元散曲》，这样读者才能舍筏登岸，获得更广阔的视野以及自己独特的审美判断力。若得更多的读者喜欢散曲，这个选本就功不唐捐了。

蒙木

2018.10.29